DREAMBOOKS

DREAMBOOKS

DREAMBOOKS

DREAMBOOKS

오렌 퓨전판타지 장편소설
FUSION FANTASY STORY & ADVENTURE

幻野魔帝
환야의 미제

1

dream books
드림북스

환야의 마제 1

초판 1쇄 인쇄 / 2014년 3월 21일
초판 1쇄 발행 / 2014년 3월 28일

지은이 / 오렌

발행인 / 오영배
책임편집 / 편집부
펴낸 곳 / (주)삼양출판사 · 드림북스

주소 / 서울특별시 강북구 솔샘로67길 92
대표 전화 / 02-980-2112 팩스 / 02-983-0660
편집부 전화 / 02-980-2116 팩스 / 02-983-8201
블로그 / blog.naver.com/dreambookss

등록번호 / 제9-00046호
등록일자 / 1999년 3월 11일

ⓒ 오렌, 2014

값 8,000원

(주)삼양출판사 · 드림북스의 서면 허락 없이는 어떠한
형태나 수단으로도 이 책의 내용을 이용하지 못합니다.

ISBN 978-89-542-5381-9 (04810) / 978-89-542-5380-2 (세트)

* 지은이와 협의하에 인지는 생략합니다.
* 잘못된 책은 구입한 곳에서 바꾸어 드립니다.

이 도서의 국립중앙도서관 출판시도서목록(CIP)은 서지정보유통지원시스홈페이지(http://seoji.nl.go.kr)와 국가자료공동목록시스템(http://www.nl.go.kr/kolisnet)에서 이용하실 수 있습니다. (CIP제어번호: 2014009073)

1

오렌 퓨전판타지 장편소설

FUSION FANTASY STORY & ADVENTURE

幻野魔帝
환야의 미제

dream books
드림북스

幻野魔帝
환야의 미제

프롤로그 | **007**

Chapter 1. 마왕으로 태어나다 | **021**

Chapter 2. 윙 블레이드 | **045**

Chapter 3. 무극지기(無極之氣) | **067**

Chapter 4. 배신은 용서 못 한다 | **091**

Chapter 5. 수련 | **113**

Chapter 6. 무극무영신(無極無影身) | **137**

Chapter 7. 몽환의 우물 | **161**

Chapter 8. 붉은 숲의 불청객 | **183**

Chapter 9. 자존심보다 중요한 것 | **207**

Chapter 10. 공포의 회복 마법 | **231**

Chapter 11. 블러디 포레스트 | **255**

Chapter 12. 귀찮으니 한 번에 덤벼라 | **279**

프롤로그

우르르르-! 쿠콰콰쾅!

천지를 뒤흔드는 듯한 뇌성. 비가 세차게 쏟아졌다.

쏴! 쏴아아아-!

오직 협의(俠義)에 살고 협의에 죽는, 고금 제일의 대협객 백룡(白龍)은 자신을 포위한 천여 명의 무사들을 담담히 바라봤다.

많이도 왔다. 일단 마교와 사파의 수뇌부들은 모두 몰려온 듯하니.

중앙에 마교주(魔敎主) 위지상을 비롯한 마교도 수백여 명, 좌측으로 사황(邪皇) 이수룡과 그의 부하들. 지금은 아니지만 모두 예전엔 하나같이 무림을 쩌렁쩌렁 울리는 마두들이었다.

 그뿐이 아니다. 우측에는 정도맹(正道盟)의 신임 맹주 옥허자와 정파를 대표하는 고수들 수백여 명이 보였다. 그들은 한때 백룡과 뜻을 같이했던 동지들이었건만.

 통탄스럽다. 다른 이들도 아니고 정도맹마저 배신할 줄이야. 어째서 협의를 추구해야 할 정도맹의 지사들이 이런 구정물같이 추악하고 더러운 자리에 한데 모였단 말인가?

 백룡의 차가운 눈빛이 그쪽을 훑자 그들은 씁쓸한 표정으로 시선을 피했다. 아마도 이 같은 상황을 초래한 것에 일말의 미안함이라도 있나 보다. 그래 봤자 오히려 더 가증스럽게만 보일 뿐.

 백룡은 탄식했다.

 '협의 천하……! 그저 나 혼자만의 망상이었던가?'

 물이 너무 맑으면 고기가 살지 않는다고 했다.

 하기야 세상에 털어서 먼지 안 나오는 사람이 없다고 했으니 이해는 간다. 그래도 그렇지. 당연히 정의를 추구해야 할 정도맹이기에 그들에게는 더더욱 타협 없이 가장 엄격한 잣대로 협의를 강조했었다.

 그래서 광협(狂俠)이라 불리기도 했는데.

 그러나 그의 미친 듯한 강직함이 오히려 그들과 적이 되는 결과를 초래했던 모양이다. 돌이켜 보니 그야말로 허망하지 않을 수 없었다.

"모두 왔나?"

백색의 마의! 백색의 장검을 손에 들고 담담히 중얼거리는 백룡. 사실상 무림의 거의 모든 절정 고수가 집결해 자신을 노리고 있건만, 그는 조금도 두려워하는 기색이 없었다.

그의 몸에서 뻗어 나가는 가공할 기운 때문인지 반경 십여 장 주위에 투명한 막이라도 있는 듯 빗물이 튕겨졌다. 그로 인해 그는 마치 둥근 원형의 수막 속에 들어 있는 것처럼 보였다. 마교의 교주 위지상은 그 모습을 보고 가슴이 서늘해졌다.

'망할! 무형강기가 어찌 십여 장을 뻗어 나갈 수 있는 것인가?'

그 자신이 전력의 내공을 다한다 해도 무형강기의 반경은 고작 일 장(一丈)에 불과할 것이다. 그러나 백룡은 전력을 다하고 있는 것 같지 않은데도 반경 십여 장이 그의 무형강기의 권역 아래 놓여 있었다.

적이지만 실로 경이롭다. 그는 진정 대단하다. 인정할 것은 인정해야 하리라. 그래서 죽어야 하지만.

위지상은 고개를 돌려 사황 이수룡을 쳐다봤다. 사파 천

년의 무공을 집대성하여 스스로의 무공을 창안할 정도의 대천재로, 마교의 교주인 그와 거의 막상막하의 가공할 무공을 지닌 사황 이수룡 역시 긴장의 기색을 감추지 못했다.

스윽.

그들은 서로 눈빛을 교환했다. 정도맹의 맹주 옥허자 역시 고개를 끄덕였다. 그들뿐 아니라 이곳에 모인 모두의 뜻이 한데 모였다.

그 어떤 희생을 치른다 해도 오늘 반드시 광협 백룡을 제거해야만 한다. 무림에 저러한 자가 존재한다는 것은 있을 수 없는 일이니까. 무림 최고의 고수들이 모두 모여 있는 이때야말로 저자를 제거할 천재일우의 기회이리라.

그때 백룡이 위지상을 슥 노려봤다. 오늘 벌어진 이 추악한 사태의 주동자.

"마교주 위지상! 너는 그렇게 맞고도 여전히 정신을 차리지 못했군."

백룡의 서슬 퍼런 눈빛에 위지상은 흠칫 몸을 떨었으나 애써 태연함을 유지하며 입을 열었다.

"닥쳐라, 백룡! 지금 네놈이 처한 상황을 모르느냐? 네놈이 추구하던 협의 무림 따위는 한낱 개꿈에 불과했다."

"개꿈이라?"

"그렇다. 보아라, 모두가 너를 배신했지 않았느냐? 심지어 정도맹까지도. 이것이 바로 현실이란다. 네놈이 처한 참혹한 현실 말이야."

"……."

"크하하하하! 기분이 아주 더럽겠지. 하지만 어쩌겠느냐? 순순히 현실을 받아들여라. 백룡, 너는 이제 죽음을 피할 수 없다. 이곳의 모두가 네놈의 죽음을 원하고 있으니까."

백룡의 한쪽 입꼬리가 살짝 올라갔다.

"죽음이라! 그렇군. 이토록 많은 사람들이 몰려왔으니 백룡 백 명이 있어도 살아남기 힘들겠지."

"크흐흐, 물론이다. 하나, 만일 네가 스스로 무공을 폐지한다면 죽이지 않고 살려 주겠다. 어떠냐? 이대로 죽는 것보다는 평범한 사람으로 연명하는 것이."

위지상은 사뭇 진지한 표정이었다. 물론 살려 줄 생각은 절대 없었다. 광협 백룡이 어떤 인물인가? 그가 정말 자신의 무공을 폐지하여 백면서생처럼 허약한 인물이 된다 해도 살아 있는 것 자체로 위험한 인물이었다.

그의 머릿속에 들어 있는 가공 무쌍한 절세기학들과 기이막측한 지략(智略)! 또한 무림 곳곳에는 그를 추종하는 수많은 이들이 존재했다. 이루어질 수 없는 협의 무림(俠義武林) 따위를 꿈꾸는 망상 종자들이.

그들의 중심에 있는 백룡을 제거해야 무림이 본래로 돌아가리라. 마(魔)는 마(魔)다워야 하고, 사(邪)는 사(邪)다워야 한다. 정(正) 따위야 알 바 없지만, 그들 또한 백룡을 죽이는 데 협력하는 걸 보면 답이 나오지 않는가.

무엇보다 마교와 사황천이 지금처럼 협의 따위를 추구해야 하는 지랄 같은 상황이 두 번 다시 벌어져서는 안 된다는 것이 마교주 위지상의 소신이었다.

'염병할! 정말 엿 같은 나날들이었지.'

백룡의 협박으로 마교와 사황천은 재산을 털어 가난한 자들을 도와야 했고, 녹림도들은 무기 대신 농기구를 들어야만 했다. 사람을 죽인다는 것은 꿈도 못 꾸고, 무공은 그저 심신 수련의 일환이 되어야 했다.

도처에 수해(水害)가 나면 마교도들이 솔선수범해서 수해 복구를 해야 했다. 고아와 과부들을 거둬 먹여 살리는 것은 물론, 심지어 위지상이 직접 그들을 위해 국수를 끓여 준 적도 있었다.

마교주가 국수를 끓인다? 그것도 고아와 과부들을 위해? 이 무슨 초상집 개가 웃을 상황인가?

세상이 거꾸로 돌아가는 것에도 한도가 있다. 그러나 그런 말 같지 않은 일들이 실제로 벌어졌다. 무려 십 년 동안이나.

그 모든 것이 바로 백룡이라는 기상천외한 괴물 때문이었다. 누구든 그의 명을 거부하면 그야말로 개 맞듯이 맞았으니까. 천 년 마교의 교주인 위지상도, 정도맹주인 옥허자도 예외가 될 순 없었다.

 매에는 장사가 없다고 했지만, 매 맞고 앙심을 품지 않는 이도 없다 했다. 협의 무림이라면 쌍수를 들고 환영해야 할 정파 무림이 오히려 백룡을 배신한 데도 다 이유가 있는 것이다.

 "어떠냐, 백룡? 만일 네가 스스로 무공을 폐지한다면 살려 주마. 또한 평생 호의호식하도록 막대한 재물도 주겠다. 허무한 개죽음을 당하느니 부자로 여생을 즐기는 것이 현명한 일 아니겠느냐?"

 위지상은 초조한 눈빛으로 백룡을 쳐다봤다. 물론 그럴 리는 없겠지만 혹시라도 백룡이 스스로 무공을 폐지하기라도 한다면 그를 죽이기가 무척 쉬워질 것이다.

 그러나 백룡은 그런 위지상의 속내를 비웃기라도 하듯 싸늘히 외쳤다.

 "헛꿈을 꾸는군. 천지가 개벽한다 해도 내 스스로 무공을 폐지할 일은 없을 것이다."

 "크흐흣! 살길을 주려 했더니 결국 죽음을 자초하는구나. 네놈이 제아무리 경천동지의 무공을 가지고 있다 한들 오늘 이곳을 벗어날 수 있을 성싶으냐?"

 백룡은 그 말에 대답하지 않았다. 그는 담담히 전방에 위치한 사람들을 한 명, 한 명 다시 쏘아봤다. 그와 눈빛이 마주친 사람들은 감히 마주 보지 못하고 기겁하며 눈을 내리깔았다.

 한참을 침묵하던 백룡이 다시 입을 열었다.

 "오늘 이곳이 내가 죽을 장소라면 피하지는 않겠다. 그토록 나의 죽음을 원한다면 너희들이 원하는 대로 죽어 줄 수도 있다."

 "크하하하하! 역시 백룡이로구나! 잘 생각했다. 본 좌의 이름을 걸고 장례는 후하게 치러 주마."

 백룡은 득의만만한 미소를 가득 짓고 있는 위지상의 얼굴을 보며 싸늘히 웃었다.

 "장례는 필요 없다. 지금부터 나는 죽는 순간까지 전력을 다할 것이다. 너희 역시 전력을 다하지 않으면 내 손에 모두 죽을 것임을 잊지 마라. 그 누구에게든 손속에 사정을 두지 않겠다."

 "……!"

 백룡의 말이 끝나는 순간 사방이 마치 얼어붙은 듯 적막해졌다. 싸늘한 한기! 모두를 얼려 버릴 것 같은 강력한 살기가 백룡으로부터 뻗어 나왔기 때문이다.

위지상이 이를 갈았다.

"네놈이 기어이!"

그의 두 눈에서 혈광(血光)이 번뜩였다. 주저할 때가 아니었다. 백룡이 선공을 시작하면 자칫 돌이킬 수 없는 사태가 벌어지게 되리라.

『모두 준비하시오.』

위지상은 사황 이수룡에게 다급히 전음을 날렸다. 이수룡은 정파 쪽을 쳐다봤다. 정도맹 맹주 옥허자도 황급히 고개를 끄덕였다.

그 순간 위지상이 큰 소리로 외쳤다.

"천마합벽연환진(天魔合壁連環陣)!"

무림 최고의 고수 천여 명이 펼치는 합벽진! 그것도 천년 마교의 전설적 진법인 천마합벽연환진이었다.

좌아아아아아-!

거대한 원형의 합벽 진형이 이뤄졌고, 그 기세는 소용돌이치는 물처럼 세차게 백룡을 휘감았다.

'……'

백룡은 감당할 수 없는 가공할 힘을 느꼈다. 과연 교활하기 그지없는 위지상이었다. 만일 천마합벽연환진이 아닌 다른 방법으로 공격했다면 이곳에 모인 자들이 무슨 수를 써도 그의 상대가 되지 못했을 것이다.

그러나 천여 명의 힘을 하나로 결집하여 진형 안의 모든 것을 파쇄해 버리는 천마합벽연환진은 아무리 그라 해도 쉽사리 막아 내기 힘들었다.

'어쩔 수 없구나……'

백룡은 전신의 내공을 끌어 올리며 속으로 탄식했다.

'그냥도 죽어 줄 수 있다. 그것이 진정 협의를 위한 것이라면 나의 목숨 하나 버리는 것이 어찌 아깝겠느냐? 하나, 너희들이 이 자리에 온 이유는 협의가 아닌 추악한 욕심 때문이지. 어리석은 자들! 아비규환의 살육이 난무하던 과거가 그리도 그리웠더냐?'

백룡! 그는 무공이 있다고 하여 약자를 핍박하지 않는, 오히려 약자를 배려하고 희생하는 이상적인 무림인들의 세계를 꿈꾸었다. 과거에 악행을 저질렀어도 돌이키고 협의를 추구하는 자는 상당한 징계 끝에 모두 용서해 주었다. 마교도이건 사파의 종자이건 가리지 않고 말이다.

무림의 모든 종파를 오직 협의 아래로 통합시킨 전무후무한 인물이 바로 그였다. 진정한 협의 천하를 이루기 위해서였다.

그런데 그것이 한낱 헛된 망상이었을 줄이야. 마(魔)와 사(邪)뿐 아니라 정(正)까지도 그것을 반대하고 있으니.

어찌한다?

백룡은 고심했다. 저들이 아무리 천마합벽연환진을 펼쳤다 해도 그가 작정하면 모두와 함께 자폭할 수는 있었다. 어쩌면 저들이 죽는다면 잠시라도 무림이 평화로울지도 모른다.

하지만 그러한 평화가 얼마나 지속되겠는가? 지금 이 순간 백룡은 모든 것이 허무했다. 삶도, 죽음도, 심지어 협의도.

'그동안 대체 나는 무엇을 추구했던 것인가? 모든 게 허무하구나…….'

콰아아앙-!

천지가 폭발하는 듯한 거대한 굉음! 이는 백룡과 천마합벽연환진이 격돌하며 일어난 가공할 폭발이었다. 최후의 순간에 진기를 대폭 거두어들인 터라 백룡의 몸은 폭발의 충격을 이기지 못하고 먼지가 되어 흩어져 버렸다.

* * *

스스스.

움직이고 있었다. 끝없이 움직였다.

어디론가 가는 것 같기도 한데 도무지 어디인지 알 수가 없었다. 그런데도 시간은 끝없이 흐르는 것 같았다. 가히 영겁(永劫)의 세월이라 할 만큼 아득한 시간이.

* * *

고요했다.

움직임이 없고 정지되어 있었다. 시작도 끝도 없고, 이편과 저편의 구분도 없는 완전한 무(無). 모든 것이 멈춰져 아무것도 없는 듯했다.

'……!'

그러던 어느 순간, 무언가가 다가왔다. 알 수 없는 강력한 힘! 그것은 매우 이질적이면서도 사악한 힘이었다. 모든 것이 무로 돌아갔던 그에게도 소름이 끼칠 만한.

그 즉시 치열한 사투가 벌어졌다. 이질적인 그 힘은 그를 집어삼키려 했고, 그는 그것에 저항했다.

그 힘은 집요했지만 그는 더욱 집요했다. 그따위 사악한 힘이 자신을 장악하는 것을 절대 용납할 수 없었으니까.

그 후로 한없는 시간이 지났고,

화아아악―

어느 순간 눈부신 광채 속에서 그는 눈을 떴다.

Chapter 1

마왕으로 태어나다

'여기는……?'

 백룡은 무림의 절정 고수들이 펼친 천마합벽연환진과 격돌한 순간 죽었다. 그가 작정하면 그들 모두와 함께 자폭할 수 있었으나 마지막 순간에 진기를 거두어 그들을 살려 줬다.

 대체 왜 그랬을까?

 물론 그들이 불쌍해서 살려 준 것은 아니었다. 백룡은 그들에게 일말의 동정심도 없었다. 그저 허무했을 뿐이다. 모든 것이. 협의마저도.

 협의가 대체 무엇이던가?

의미 없다. 그따위 것은 개에게나 줘버려라!

한 번뿐인 인생 가치 있게 살아 보자며 협의 하나에 목숨을 걸었는데, 절대 강자로서 얼마든지 혼자서 잘 먹고 잘 살 수 있었지만 약자들을 위해 그것을 포기했는데 결국 그따위로 끝날 줄이야.

허무했다.

삼십 대 초반에 무림에 출도한 후 대략 삼 년이 지났을 무렵, 무림의 모든 고수들이 그의 발아래 무릎을 꿇었다. 그는 대협사로 칭송받았고, 그 후로 십 년 동안 평화롭기 이를 데 없는 협의 천하를 실현했건만.

결과는 배신. 그것도 한둘이 아닌 무림의 모든 고수들이. 마교와 사황천뿐 아니라 정도맹마저 그를 배신했다.

그 일을 생각하면 지금도 화가 끓어오른다. 마교나 사황천은 그렇다 쳐도 왜 정도맹까지 배신을 한 것일까? 물이 너무 맑으면 고기가 살지 않는다지만, 아무리 그래도 정도맹의 배신은 여전히 이해하기 힘든 일이었다.

'혹시……'

문득 그의 뇌리에 한 가지 이유가 떠올랐다.

'너무 몰아붙였던 건가?'

그러고 보면 항상 말보다 주먹이 앞섰던 그였다. 협의 천하를 이룬 이후에도 비리를 저지른 자들은, 설령 마교의 교주이건 정도 문파의 수장이건 그에게 비 오는 날 먼지가 나도록 맞았다. 특히 정파 무사들의 경우 더 엄격한 잣대를 적용해 더 많이 맞아야 했다.

하지만 누군들 그리하고 싶었겠는가. 백룡은 결코 사람을 때리며 즐거워하는 가학적인 성격이 아니었다. 물론 지금 생각해 보니 차라리 그따위 괴상한 취미가 있었다면 좋았을 성도 싶었다. 패야 할 놈들이 너무 많은 세상이었으니까.

아무튼 그가 가학적인 취미가 없음에도 불구하고 굳이 주먹을 들었던 것은 오직 협의를 위해서였다. 불의를 묵과할 수 없어서였다. 힘 좀 있다고 약자를 괴롭히고, 돈 좀 있다고 돈 없는 이들을 무시하는 족속들을 두 눈 뜨고 봐줄 수 없었기 때문이다.

제발 좀 약자들을 배려하며 살자고 귀가 닳도록 정신교육을 시키고, 사람 좀 되라며 아주 간혹 매를 들었을 뿐인데 그것이 그리 싫었단 말이더냐.

'됐다. 옛일 생각 따위는 관두자.'

어쨌든 이미 지난 일이다. 스스로 허무하다 여겨 두 번 다시 생각하지 않기로 다짐했던 일을 이제 와서 왜 또 떠올리는 것인가?

실제로 그는 아주 오랜 시간 동안 그 일을 잊었다. 그러다 보니 기억 속에서 지워진 줄 알았는데 불현듯 그 일이 생생하게 떠올랐던 것이다.

그는 죽음 이후 알 수 없는 무(無)의 공간 속에서 가히 영겁이라 할 수 있는 아득한 세월을 보냈다. 대체 그곳은 어디였을까? 알 수 없다. 그곳은 알려 한다고 알 수 있는 곳이 아니니까.

특이한 건, 그 아득한 시간 동안 그가 무언가를 한 것도 아니라는 것. 그는 그저 정지되어 있었다. 사실상 생각조차 멈춰 있었다. 마지막 그 정체불명의 이질적인 힘과 싸울 때를 제외하면 말이다. 따라서 지금 돌이켜 보니 아득한 그 시간들이 그저 일시간의 꿈처럼 느껴지기도 했다.

물론 그 시간들이 꿈이든, 아니면 정말로 영겁의 시간이든 그 또한 이미 지나가 버린 과거일 뿐. 중요한 건 바로 지금, 현재인데.

'왜 다시 기억이 돌아온 것인가? 그보다 여긴 대체 어디인가?'

인간은 죽기 전에 주마등처럼 자신의 인생이 스치듯 지나간다 했는데, 백룡은 방금 전 눈을 뜨자마자 잊었던 과거의 인생이 선명히 떠올랐다.

'기이한 일이군.'

분명 그 이유가 있으리라. 잊었던 과거가 떠오른 것, 동시에 오래도록 멈춰 있었던 생각들이 다시 움직이기 시작한 것도.

아무튼 이 모든 상념들은 백룡이 눈을 번쩍 뜨고 주변의 사물들이 미처 시야에 들어오기 전, 그야말로 촌각의 사이에 일어났다.

화악!

눈을 가리고 있던 검은 흑막이 걷히는 순간, 갖가지 신비한 빛들이 번쩍이며 눈을 자극했다. 그러다 그 빛들은 점차 사라졌고, 백룡은 자신이 거대한 타원형의 밀실 비슷한 방의 중앙에 누워 있음을 깨달았다.

"오오! 깨어나셨군요, 샤크 님."

잔뜩 고무된 음성의 주인은 긴 수염을 단정하게 내려뜨린 웬 노인이었다. 그는 대체 누구인가? 가히 선풍도골의 신선과 같은 풍모지만, 핏빛을 연상케 하는 섬뜩한 눈빛으로 인해 신선이 아닌 사악한 요괴처럼 느껴진다는 게 문제였다.

백룡은 그를 경계하듯 노려봤다.

"샤크? 지금 나를 그렇게 부른 것이오?"

"그렇습니다."

노인은 매우 공손히 대답했다. 백룡은 일순 멍해졌지만 이내 정색을 하고 말했다.

"내 이름은 백룡이오. 샤크가 누군지 모르겠지만 사람을 잘못 본 것 같소."

노인이 핏빛의 눈을 부릅뜨고 백룡을 쳐다봤다. 그로서는 방금 백룡이 한 말이 충격인 듯했다. 얼마나 놀랐는지 입을 쩍 벌렸다가 다물 줄을 몰랐다. 백룡이 인상을 찌푸렸다.

"왜 그런 표정을 짓는 것이오?"

노인이 기막히다는 표정으로 대답했다.

"설마 전생을 기억하시는 것입니까? 샤크 님이 이전에 어떤 삶을 살았는지 말입니다."

"전생?"

"그렇습니다. 샤크 님은 오늘 새로 태어나셨지요. 아니, 엄밀히 말하면 태어나기 직전입니다. 잠시 후 이 알이 깨어지면 비로소 마왕으로서의 새 삶이 시작될 것입니다."

백룡은 하도 어이가 없어 헛웃음이 나왔다. 잘못 들은 것이 아니라면 자신이 마왕(魔王)으로 태어났다고 한다. 아니, 정확히는 태어나기 직전이라나?

도무지 믿기지 않는 허무맹랑한 얘기였다. 특히나 마왕으로 태어났으면 태어났지, 태어나기 직전이라는 말은 더더욱 웃기는 소리였다.

"흐흐흐! 저의 말이 잘 믿기지 않으실 것입니다. 특히나 전생의 기억이 남아 있다면 더더욱 그럴 수밖에 없지요. 이것 참, 제가 지금껏 수많은 마왕님들을 보아 왔지만 전생을 기억하고 계신 분은 샤크 님이 유일합니다. 과연 그것이 득이 될지, 실이 될지는 잘 모르겠군요."

백룡이 말없이 듣자 노인의 말이 이어졌다.

"어쨌든 저로서는 샤크 님의 전생이 어떤 것인지는 알지 못합니다. 중요한 건, 이제 샤크 님이 마왕으로 환생하게 된다는 것이지요. 물론 마왕으로 태어났다고 해서 누구나 마왕이 되는 것은 아닙니다. 실제로 마왕의 운명을 갖고 태어난 이들 중에 극히 소수만 마왕이 되기 때문입니다. 대부분은 마왕이 아닌 평범한 마족이나 마물로 살아가거나, 혹은 소멸되곤 하지요. 약육강식 적자생존의 법칙이 지배하는 환야에서……."

"그보다 당신은 누구요?"

잠자코 듣고 있던 백룡이 문득 입을 열었다. 노인이 대답했다.

"그 질문은 별다른 의미가 없습니다. 저도 제가 누군지 모르니까요. 마치 추위가 풀리면 새싹이 돋아나듯 저는 제가 마땅히 해야 할 일을 할 뿐입니다."

스스로 자신이 누군지도 모르면서 그저 해야 할 일만 하는 형태로 존재한단다. 백룡은 이내 고개를 끄덕였다. 물론 그것은 그가 가진 전생의 상식으로는 이해하기 힘든 일이었지만.

"이름 같은 건 없소?"

"없습니다. 굳이 말한다면 전달자라고 해야겠지요."

"전달자?"

"저는 샤크 님처럼 마왕으로 태어날 운명을 가진 분들에게 마왕으로서 반드시 알아야 할 필수 지식들을 알려 주고 있습니다. 오직 그것만이 저의 존재 이유이고, 다른 건 알 바 없습니다."

노인은 무뚝뚝한 음성으로 말을 이었다.

"시간이 많지 않습니다. 잠시 후면 이 알의 껍데기가 깨지고 샤크 님은 환야로 나가게 됩니다. 그때가 진정한 환생이지요. 충고컨대, 만일 또다시 쓸데없는 질문으로 시간을 낭비한다면 정말 필요한 지식을 얻지 못할 수도 있습니다. 그러면 약육강식과 적자생존의 법칙이 지배하는 환야에서 샤크 님이 생존하기란 매우 힘들어질 것입니다."

백룡은 픽 웃으며 고개를 끄덕였다.

"대충 무슨 말인지 알겠소. 이제부터 경청할 테니 당신이 하고 싶은 말을 하시오."

지금 벌어지고 있는 대부분의 상황이 이해가 되지 않았지만 일단 들어 보기로 했다. 어쩌면 이 정체불명의 전달자 노인이 해주는 말로부터 모든 의문이 풀릴 수도 있을 것이고, 설령 그렇지 못할지라도 지금은 그가 하는 말을 듣는 것이 우선이란 생각에서였다.

일순 노인의 두 눈에 이채가 어렸다. 백룡에게 전생의 기억이 남아 있다면 지금의 이 이질적인 상황을 받아들이기가 극히 어려울 텐데, 순식간에 평정심을 되찾고 담담한 표정을 짓고 있는 것에 놀란 까닭이었다.

"흐! 샤크 님은 전생에 꽤 놀라운 수양을 하셨던 것 같군요. 그렇다면 나쁘지 않습니다. 지금 보여 주신 침착함을 잃지 않는다면 환야에서 보통의 다른 소마왕들보다 생존 가능성이 훨씬 높아질 것입니다. 대부분의 소마왕들은 매우 성급하고 미숙하기 때문이지요."

소마왕(小魔王)이라? 방금 전에는 마왕이라고 하더니 지금은 소마왕이란 말을 한다. 둘의 차이는 무엇일까? 백룡이 의문을 느끼는 순간, 노인이 기다렸다는 듯 그에 대해 말해 주었다.

"별거 아닙니다. 소마왕은 마왕의 운명을 갖고 태어난 모든 이들을 일컫는 말이니까요. 소마왕 중에서 최후까지 살아남아 우뚝 선 자들만이 진정한 마왕이 될 수 있는 것이지요. 다시 말해, 소마왕은 진정한 마왕과 구분하기 위해 편의상 붙인 명칭일 뿐입니다."

"그렇군. 무슨 뜻인지 알겠소."

백룡은 짤막하게 대답했다. 시간이 없다고 했으니 노인이 말을 많이 하도록 자신의 말을 아낀 것이다. 정말로 자신이 마왕으로 태어날 것인지 말지는 아직도 알 수 없는 일이지만, 만일 그러한 상황이 벌어지게 되면 전달자 노인이 하는 말을 최대한 많이 들어 두는 게 좋을 테니 말이다.

"일단 소마왕인 샤크 님은 환야에 존재하는 모든 종족들과 자유롭게 의사소통이 가능해집니다. 마물이나 마족은 물론이며 로아탄, 정령, 인간이나 이종족, 몬스터들과도 의사소통이 가능하지요."

"……."

그 후로도 한동안 노인의 말이 이어졌고, 백룡은 말없이 듣기만 했다. 환야에 존재하는 신비한 보물들이라는 일루전 트레저, 영혼 포식자, 마물과 마물 숲, 각종 무수한 결계 세계들, 용자(勇者)라 불리는 공존 불가의 대적들……. 그 밖에도 마왕으로서 알아야 할 필수 지식들이 끝없이 쏟아져 나왔다.

어쨌든 정리하자면 현재 백룡은 소마왕으로 환생하기 직전의 상태로, 이 타원형의 알 모양 밀실은 인간으로 치면 모친의 자궁과 같은 곳이었다. 백룡은 출산 직전 자궁 속에 있는 태아와 같다고 볼 수 있었다.

환생이야 그렇다 치자. 그런데 왜 하필 마왕이 되어야 할 운명인 것인가? 전생에서 협의만을 추구하던 백룡이 사악한 마왕으로 살아가야 하다니, 이 무슨 황당한 일인지.

물론 이제 다시 무림으로 돌아간다 해도 더 이상 협의를 추구하는 일 따위는 하지 않을 생각이지만, 아무리 그래도 마왕은 좀 그렇지 않은가.

환야(幻野)라는 특이한 세계에서 마왕이란 그저 추상적인 개념이 아니었다. 악의 화신과 같은 존재로 실존했다.

무엇보다 전달자 노인이 전하는 마왕으로서 알아야 할 필수 지식의 대부분을 차지하는 내용들이 백룡의 자아로서는 받아들이기 힘든 소름 끼치고 사악한 것들이었다.

전생의 무림에서 사악하기로 따지면 타의 추종을 불허하던 마교주 위지상이나 사황천주 이수룡이라 해도 치를 떨 만큼 끔찍한 내용들!

그중 간단하게 하나만 언급해 보자면, 마왕이 보는 인간은 먹이사슬에 있어 가장 아래쪽에 위치해 있는 하찮은 존재에 불과했다. 인간은 마치 벌레와도 같은 미물이며, 모기처럼 죽여 없애야 할 해충인 것이다.

그것은 인간뿐 아니라 환야의 수많은 세계에 존재한다는 이종족들도 마찬가지라 했다. 엘프나 드워프와 같은 이종족들도, 오크나 오우거 같은 몬스터들도, 심지어 드래곤이라 불리는 제법 강력한 족속들도 마왕이 보기엔 없애 버려야 할 해충이나 다름없었다.

본래라면 전달자로부터 그러한 내용들을 전해 들으며 아무런 이질감도 느끼지 않아야 정상이리라. 마왕의 운명을 타고난 이들이 가진 심성은 철저한 마(魔), 그 자체였으니까.

그러나 백룡은 그들과 달리 전생의 자아가 살아 있었다. 단순히 살아 있는 정도가 아니라 운명으로 주어진 마왕으로서의 심성도 어쩌지 못할 만큼 강력했다.

이는 그 알 수 없는 무의 공간에서 그를 집어삼키려던 사악하고 이질적인 기운에 맞서 싸우며 벌어진 일이었다.

마왕이되 심성은 마(魔)가 아닌 존재!

그나마 그것이 불행 중 다행인 것인지도 모르지만 백룡은 앞으로 살아갈 길이 막막했다. 단순히 생존이 문제가 아니었다. 다른 소마왕들과의 치열한 경쟁에서 승리하고 장차 마왕으로 우뚝 선다 한들, 그가 과연 사악한 마왕으로서의 운명을 받아들일 수 있겠는가.

마왕이 되면 해야 할 일의 대부분이 자신의 영역을 확장하는 것이고, 그 와중에 인간이나 엘프와 같은 종족들을 벌레 죽이듯 짓밟아 버려야 할 텐데 말이다.

과연 그런 삶을 견딜 수 있을까?

그러나 지금은 그에 대해 고민을 하고 있을 때가 아니었다. 그것은 추후에 마왕이 되고 나서나 생각해 볼 배부른 고민이었다. 아니, 심지어 마왕이 되는 것도 차후의 문제였다. 당장은 생존이 시급했으니까.

"흐흐! 잊지 마십시오. 생존이 가장 우선이라는 것을! 환야는 결코 만만한 곳이 아닙니다. 소마왕 상태로라도 그럭저럭 연명을 할 수 있으려면 영악해야 하고, 사악해야 하며, 또한 강해야 합니다."

노인이 눈을 번뜩이며 말을 이었다.

"환야에서 어떻게 생존하실지는 소마왕 샤크 님이 저보다 더 잘 알게 되실 테니 마지막으로 딱 한 가지만 말씀드리죠."

노인은 의미심장하게 웃으며 말했다.

"마왕들은 자신의 권역하에 또 다른 마왕이 생겨나는 것을 그리 달가워하지 않습니다. 한 산에 두 마리의 호랑이가 있을 수 없듯, 하나의 마왕이 자리를 잡은 곳에 또 다른 마왕이 생겨나면 견제를 하게 되는 건 당연한 일입니다."

"음."

"따라서 생존하려면, 마왕의 비위를 거스르지 않아야 합니다. 어떻게든 묵묵히 살아남아 마왕을 쓰러뜨리고 그 권역을 차지하든지, 아니면 샤크 님 스스로 새로운 권역을 개

척하든지 그건 알아서 하실 일입니다."

 그 말과 함께 노인은 하나의 주사위를 백룡에게 건넸다. 살펴보니 정십이면체 주사위였는데, 각 오각형의 면마다 알 수 없는 기이한 문양이 그려져 있었다.

 "이게 뭐요?"

 "그건 마왕의 운명을 타고난 자에게 단 한 번 주어지는 운명의 주사위입니다. 수만 가지가 넘는 고유 능력들 중 현재 샤크 님과 인연이 있는 열두 가지 능력이 그 주사위에 깃들어 있습니다. 물론 그중에서 단 한 가지만 가질 수 있지요. 그 운명의 주사위가 모든 걸 결정하게 됩니다."

 어느 마왕이든 가지고 있는 공통적 능력들과는 별도로 각각의 마왕마다 고유한 능력을 갖게 된다니 특이했다. 그런데 설마 그것이 이런 식으로 주사위를 던져서 결정되는 것일 줄이야.

 획-

 주사위를 받은 백룡은 망설이지 않고 그것을 던졌다. 어차피 던져야 할 것이라면 의문을 가질 필요도, 망설일 필요도 없으니까.

 톡! 토로로로……!

 주사위가 구르다 멈춘 순간, 주사위의 오각형 면이 확대되며 그에 새겨진 문양이 빛을 발했다.

'저것은?'

백룡이 살펴보니 나뭇가지에 찬란한 은빛의 포도 열매들이 주렁주렁 열려 있는 형상이었다. 노인이 두 눈을 크게 뜨며 탄성을 질렀다.

"리버스……! 놀랍군요. 지금껏 이 능력을 얻은 마왕은 샤크 님이 처음입니다."

"리버스가 무슨 능력이오?"

"글쎄요. 저도 자세히는 모릅니다. 그것이 그저 권속들의 운명을 뒤바꿔 줄 수 있는 능력이라는 것만 알 뿐. 향후 샤크 님이 스스로 각성을 통해 알아 가야 할 것입니다."

백룡은 고개를 갸웃했다. 권속들의 운명을 뒤바꿔 준다라? 구체적으로 그것이 무엇을 의미하는 것일까? 하지만 전달자 노인도 모른다고 하니 물어봤자 소용없을 것이다.

"흐흐! 어쨌든 이제 샤크 님의 운명이 결정되었습니다. 운명의 문양이 발하는 색은 은빛이니 샤크 님은 은발에 은빛 투명 날개를 가지게 될 것입니다. 동시에 성(姓)도 결정되었습니다. 테사우루스! 그것이 당신의 성입니다. 따라서 당신은 샤크 테사우루스라 불리게 될 것입니다."

은빛 날개와 은발. 이름은 샤크 테사우루스. 마왕답게 출생 전에 외모와 이름이 이런 식으로 결정되나 보다.

특히나 새처럼 날개를 가지게 된다는 것에 새삼 놀랄 것은 없었다. 마왕에게 날개가 있다는 것 정도가 무슨 놀랄 일이 되겠는가?

스스스.

백룡의 모습이 변했다. 방금 전까지는 그저 흐릿한 인간의 형체 비슷한 모습이었는데, 지금은 허리까지 내려오는 긴 은발에 어깻죽지 뒤로 투명한 은빛의 날개를 내려뜨린 아름다운 청년의 형상이었다.

특이하게도 날개가 전혀 불편스레 느껴지지 않았다. 마치 팔에 손이 붙어 있듯 자연스러웠다. 오히려 날개가 없다면 매우 어색하게 느껴질 정도였다.

"이제 시간이 되었습니다. 소마왕 샤크 테사우루스 님! 그럼 부디 훌륭한 마왕으로 성장하시길 바라지요."

전달자 노인이 정중하게 허리를 숙이는 순간 사방이 진동했다.

쩌, 쩌저저적-!

밀실의 벽이 흡사 지진에 의해 땅이 갈라지듯 벌어지기 시작했다.

화악! 화아아아악-!

벽이 갈라진 바깥으로부터 눈부신 광채가 폭풍처럼 휘몰아쳤고, 그 빛은 백룡을 새로운 세계로 이끌었다.

백룡이 아닌 소마왕 샤크 테사우루스로서, 마왕이 되기

위한 새로운 운명이 기다리는 세계! 그곳은 바로 환야였다.

* * *

 사방 어디로 눈을 돌려 봐도 아무것도 없는 메마른 벌판. 그것이 샤크가 눈을 뜨자 처음 들어온 주변의 풍경이었다.
 '여기가 환야인가 보군.'
 은발의 소마왕 샤크 테사우루스로서의 삶이 비로소 시작된 모양이다. 이미 전달자 노인으로부터 환야에 대한 몇 가지 지식을 전해 들었기에 샤크는 당황하지 않았다.
 환야는 수많은 소세계들을 포괄하고 있는 거대 세계로, 가히 무한대의 영역을 가지고 있는 방대한 세계라 했다.
 이곳에는 마왕뿐 아니라 마족이나 마물, 정령, 로아탄, 오르덴을 비롯해 그야말로 수많은 종족들이 득실거리고 있지만, 마왕으로서 절대 잊지 말아야 할 존재들이 있으니 그들은 다름 아닌 용자라 했다.
 용자(勇者).
 그들은 마왕과는 공존할 수 없는 존재로, 마왕이 마(魔)의 화신이라면 용자는 정(正)의 화신이었다.
 다시 말해, 마왕과 용자는 서로가 서로에게 천적이 되는 공생 불가의 숙적이라 할 수 있었다. 오죽하면 환야의 세계에서 벌어지는 치열한 싸움의 대부분이 마왕과 용자들 간에 벌어지는 전쟁이라 할 정도니까.

용자들은 거대 세계인 환야에 속한 수많은 소세계들 중 주로 인간이나 엘프들과 같은 선량한 이종족들이 살고 있는 곳들을 지켜 주고 있다 했다. 마왕은 용자를 죽이고 그러한 소세계를 약탈하며 파괴하는 데 희열을 느끼는 존재인 것이다.

아아, 이 무슨 기막힌 운명이라는 말인가?

샤크는 용자의 존재를 알게 되고서는 어이가 없었다. 아무리 그가 협의에 대해 허무함을 느꼈다지만 그래도 기왕이 환야라는 세계에서 태어났다면 차라리 용자가 되었어야 했다. 마왕이 대체 웬 말인가?

'정말 얄궂은 운명이군.'

샤크는 한숨을 내쉬었다. 용자가 아니라면 그냥 평범한 인간이나 엘프, 아니면 정령이나 드래곤도 괜찮았을 것이다. 혹은 환야에서 중립자 종족이라는 오르덴으로 태어나든지 말이다.

그들 말고도 수많은 종족들이 있다. 매구나 라따, 이꼬트, 드워프와 같은 이종족을 비롯해 오크나 오우거, 코볼트, 리자드맨과 같은 몬스터 종족도 있지 않은가.

사악한 악의 화신인 마왕으로 태어날 바엔 차라리 오우

거나 리자드맨 같은 몬스터로 태어나 평범한(?) 삶을 즐기는 것도 나쁘지 않을 것이다.

물론 몬스터로서 평범한 삶을 산다는 것이 그리 쉽지는 않겠지만 전생의 지식을 가진 샤크라면 어느 산속에 처박혀 조용히 지내지, 인간들을 공격해 잡아먹는 흉포한 행동을 하지는 않을 테니까.

그러던 샤크는 문득 피식 웃었다.

'그러고 보니 마왕도 다를 것 없지 않나?'

생각해 보니 그렇다. 그가 오우거로 태어났다면 인간을 잡아먹지 않고 조용히 산속에 처박혀 살 것이다. 마왕도 다름없다. 용자들을 괴롭히지 말고 그냥 조용히 살면 되는 것 아닌가?

다시 말해, 마왕이라고 꼭 나쁜 짓을 하라는 법은 없는 것이다. 억지로 나쁜 짓을 하라고 누군가 강요하지는 않을 테니 말이다. 물론 강요한다고 들을 그도 아니었지만.

어쨌든 그냥 조용히 살자, 조용히!

이것이 환야에서 태어난 첫날 떠올린 소마왕 샤크의 굳은 다짐이었다.

그건 그런데.

지금은 일단 조용히 살고 싶어도 그럴 수 없는 상황이었다. 그저 아무것도 없는 황무지와 같았던 벌판에 어느새 정체불명의 식물들이 수두룩하게 솟아나 있었기 때문이다.

 순식간에 풀이 자라다니, 어찌 이럴 수 있는가? 그것도 하나같이 그 크기가 웬만한 나무를 능가할 정도라니. 그로 인해 샤크의 주변은 어느새 거대한 풀들의 숲이 되어 버렸다. 화려하면서도 신비로운 빛깔의 풀들이 바람에 하늘거리는 모습은 제법 볼 만했다.

 그런데 문제는 이 숲을 이루는 풀들에서 심상치 않은 기운이 느껴진다는 것! 샤크는 그것들로부터 섬뜩한 살기가 폭사되고 있음을 감지했다.

 '풀들이 나를 노리고 있군.'

 텅 빈 벌판에 난데없이 숲을 형성한 이 풀의 정체는 물론 마물(魔物)이었다. 보통의 풀이 이런 기이한 능력을 가지고 있을 리는 없으니까.

 환야에는 별의별 마물들이 존재한다. 하나의 종이 멸종한다 해도 새로운 종이 끝없이 생겨나기에 오랜 세월 환야에서 살고 있는 마왕이나 마족들도 모든 마물들에 대해 알고 있기란 불가능하다고 했다.

 하물며 이제 갓 환야에 태어난 소마왕 샤크로서는 더더욱 이 마물의 정체를 알기가 쉽지 않았다.

 '그것참, 태어나자마자 전투인가?'

 지금 샤크에게 시급한 것은 자신의 전투력을 얼마나 끌

어낼 수 있는지 파악하는 일이었다. 그가 비록 마물이나 마족 따위와는 비할 수도 없는 최상위 포식자의 위치로 태어나긴 했지만 처음부터 강할 수는 없으니까.

 마왕이 가진 힘의 원천은 마기(魔氣)!

 마왕의 마력은 마기에 비례한다. 그 마기는 어디 외부에서부터 오는 것이 아니라 체내에서 저절로 형성되는 것으로, 시간이 지나면 지날수록 마기의 양은 많아지게 된다.

 특별한 심법을 운공하지 않아도 마기가 쌓인다니 그야말로 축복받은 신체라 할 수 있지만, 지금처럼 갓 태어난 상태에서 쓸 수 있는 마기는 거의 없으니 그것이 문제였다.

추르르르! 추르르르르!

조금 전까지만 해도 바람의 방향에 따라 일정하게 흔들리던 풀들이 제각기 요동쳤다. 마치 땅속에서 수백 마리의 거대한 뱀들이 일제히 튀어나온 듯 소름 끼치는 광경이었다.

멍하니 있을 때가 아니었다. 이대로라면 이 정체불명의 마물에게 붙잡히는 것은 시간문제였으니까. 샤크는 훌쩍 상공으로 날아올랐다.

'날개가 있으니 편하군.'

그러나 그 순간, 갑자기 풀숲이 통째로 움푹 솟아오르며 샤크의 앞을 가로막았다.

"키키키킥!"

거대 가오리를 연상케 하는 머리에 복어처럼 흉물스레 튀어나온 몸체! 수백 가닥의 시커먼 촉수들이 몸체에 붙어 있었다. 그러고 보니 조금 전 풀이라 생각했던 그것들은 이 정체불명 마물의 몸에 붙어 있는 촉수들이었던 것이다.

"키키키키!"

마물이 입을 쩍 벌리자 뾰족한 이빨들이 번뜩였다. 흡사 상어의 입을 연상케 하는 마물의 거대한 입속에서 시뻘건 혓바닥 두 개가 날름거렸다.

"키이이! 키키키킥! 갓 태어난 소마왕을 발견하다니, 내가 오늘 아주 운이 좋구나. 내 너를 먹어 선천마기를 확보해야겠다. 키하하하!"

샤크가 날개를 퍼덕이며 피했지만 사방에서 무수히 날아드는 촉수들의 속도를 따돌리진 못했다. 결국 그는 촉수 중 하나에 칭칭 휘감기고 말았다.

'으윽, 제길!'

콱! 콰악!

으득! 으드드득!

뼈가 으스러지는 듯한 극심한 고통! 그러나 지금은 고통이 문제가 아니었다. 자칫하면 소마왕으로 태어난 지 한 시진도 지나지 않아 짧은 생을 마감하는 사태가 벌어질 테니까.

'저 마물이 가진 힘의 근원을 파괴해야 한다.'

알 형상의 밀실에서 전달자 노인이 말해 준 마물에 대한 상식을 떠올린 샤크는 촉수의 돌기들이 피부를 파고들며 전신이 피범벅으로 변하는 와중에도 정신을 바싹 차리고 놈을 노려봤다.

"키히히히! 그놈 참 먹음직스럽구나. 이리 오너라. 한입에 찢어 삼켜 주마."

샤크가 별다른 저항을 하지 않자 힘이 빠진 것으로 생각한 마물은 샤크를 자신의 입이 있는 곳으로 이동시켰다.

쩍 벌어진 입! 수백 개도 넘는 뾰족한 이빨들 사이로 시뻘건 혓바닥이 날아와 샤크를 받아 든 순간.

휘릭!

그때까지 쥐 죽은 듯 붙잡혀 있던 샤크의 두 눈에서 번갯불이 이는가 싶더니 그 자리에서 맹렬히 회전했다.

파라라라락-

샤크의 은빛 날개가 날카로운 칼날처럼 변해 그의 몸을 휘감은 촉수뿐 아니라 마물의 혀까지 동강 내버렸다.

스커컥! 서컹!

잘린 혀에서 피가 분수처럼 뿜어져 나왔다.

"키아아아아-!"

마물이 놀라 비명을 질렀다. 본래라면 잘린 혀는 물론이요, 촉수도 금세 재생이 되어야 했다. 그러나 소마왕의 날개가 지닌 권능은 그러한 재생 능력을 무력화시켰다.

스커컥! 스커커커컥!

소마왕은 엄청난 속도로 움직였다. 수백 가닥의 촉수들 중 태반이 잘려 나간 순간, 마물은 비로소 뭔가 심상치 않음을 깨달았다.

"크으으! 이제 막 태어난 소마왕이 어찌 윙 블레이드를 이토록 강력하게 펼친단 말이냐? 이런 말도 안 되는……."

갓 태어난 소마왕의 전투 능력이 웬만한 상급 마물 못지않다는 것은 믿기 힘든 일이었다. 보통은 중급 마물에게도 변변히 대항조차 못해 보고 죽임을 당하기 일쑤가 아니었던가.

그래서 자신 있게 달려든 것이다. 이때가 아니면 하찮은 마물 따위의 존재가 장차 환야의 세계 최상위 포식자의 위치에 서게 될 소마왕을 잡아먹을 기회란 없기에 말이다.

마물이 소마왕, 특히 그의 심장을 먹게 되면 엄청난 능력이 생긴다. 생명이 무한대로 늘어날 뿐 아니라 이후로 선천마기를 쌓으면 가히 최상급 마족을 능가하는 능력을 가질 수도 있었다.

그래서 뜻밖의 행운이라 들떠 있었는데, 이대로라면 오히려 소마왕에게 잡아먹힐 상황이었다. 마물은 이내 꼬리를 내리고 달아나기 시작했다.

"감히 도주 따위가 가능할 것 같으냐?"

샤크는 코웃음 치며 따라붙었다. 그의 은빛 날개에서 강렬한 빛이 쏟아져 나왔다.

번쩍!

이내 뇌전이 내리치듯 수직선이 그어지며 마물의 거대한 몸체가 반쪽으로 갈렸다.

"꾸어어억!"

마물은 처참한 비명을 지르며 바다으로 떨어져 내렸다.

쿠우웅!

땅이 진동하는 굉음과 함께 마물의 잘린 몸체가 무참히 터져 버렸다. 그러나 그것의 머리는 아직 죽지 않은 듯 꿈틀거렸다. 심지어 다시 하늘로 날아오를 기세였다.

"그만 가랏!"

샤크는 마물의 머리 위로 착지해 내림과 동시에 번들거리는 그것의 눈알에 뾰족한 오른손을 박아 넣었다.

푸욱!

그의 오른손은 마치 검처럼 변해 있었기에 단숨에 마물의 눈알을 뚫어 버렸다.

"꾸아아아아아악!"

그 눈알이 바로 마물이 가진 힘의 근원이었던가? 마물이 최후의 단말마를 지르며 생기를 잃는 모습을 보고서야 샤크는 거친 숨을 몰아쉬며 주저앉았다.

"후우! 자칫하면 죽을 뻔했군."

샤크는 소마왕의 선천마기라 할 수 있는 모든 힘을 날개에 집중시킨 후 윙 블레이드를 펼쳐 간신히 마물을 해치웠다. 만일 그 공격이 통하지 않았다면 지금쯤 그는 소마왕으로서의 아주 짧은 생애를 마감했을 것이다.

윙 블레이드.

날개에 선천마기를 집중시켜 강력한 공격을 가하는 이 기술은 소마왕이라면 누구나 본능적으로 구사가 가능하다.

그러나 선천마기가 거의 없는 갓 태어난 소마왕이 방금처럼 강력한 윙 블레이드를 구사하기란 쉬운 일이 아니었다. 이는 샤크가 보통의 소마왕이 아니었기에 가능한 일이었다.

전생에서 그는 가히 입신(入神)의 경지에 이른 절대 고수였다. 평범한 식칼이 그의 손에서는 보검과 같은 위력을 발휘했고, 삼류 초식도 그의 손에서 펼쳐지면 가공 무쌍한 광세의 무공으로 변했다.

무기와 초식을 초월한 고금 제일인!

광협 백룡이 바로 그였다.

그런 그였기에 마기로 날개를 칼날처럼 강화시킬 수 있음을 깨닫는 순간 그 즉시 마물을 공격할 초식을 떠올릴 수 있었다. 눈앞의 마물 따위는 그에게 가소로운 상대일 뿐이었다.

그러나 마음 놓고 그 초식을 펼치기엔 선천마기의 양이 너무 미약했기에 짐짓 마물이 방심하도록 무력한 모습을 보인 후 결정적인 순간에 전력을 다해 치명타를 입혔다. 또한 그 후로 조금의 망설임도 없이 연격을 가해 마물의 숨통을 완전히 끊어 버렸다. 이는 노련한 전투의 달인이 아니면 할 수 없는 일이었다.

그런데 비로소 그렇게 한숨을 돌린 순간, 샤크는 마물의 부서진 몸체에서 푸르스름한 빛무리들이 빠져나와 자신의 몸 주위로 몰려드는 것을 발견했다.

'이것들은?'

빛무리들은 자세히 보니 흐릿한 인간의 형체를 하고 있었다. 특별히 누군가 알려 주지 않았지만 샤크는 그것들이 바로 인간들의 영혼임을 알았다.

마물에게 잡아먹힌 후 그것의 노예가 되어 있던 인간의 영혼들! 마물이 죽었지만 그것들은 여전히 구속에서 풀려나지 못했고, 마물을 죽인 새로운 포식자인 샤크의 노예가 될 운명이었다.

"크흐흐! 환야에서 인간이나 엘프와 같은 이종족들의 영혼은 많이 챙겨 둘수록 좋습니다. 부상을 당했을 때 그것들을 통해 회복이 가능할 뿐 아니라 때론 마력을 증폭시킬 수도 있기 때문이지요……."

샤크는 이 영혼들을 보자 전달자 노인이 했던 말이 문득 떠올랐다. 환야의 법칙에 의해 마물에게 귀속되었던 이 영혼들은 이제 샤크의 소유가 되었다. 이것들을 소멸시키든, 영구히 노예로 부려 먹든 그것은 샤크의 자유인 것이다.

특히나 샤크는 무리해서 마물과 싸우느라 선천마기를 거의 소모했고, 동시에 극심한 부상도 당한 터였다. 이 영혼들 중 몇 개를 섭취하면 부상이 회복될 뿐 아니라 마력도 상당 부분 회복시킬 수 있으리라.

'그럴 수는 없다!'

샤크는 고개를 흔들었다. 만일 그가 전생의 기억을 잃어버린 채 소마왕이 되었다면 지금 주저하지 않고 이 영혼들을 이용해 부상을 회복했을 것이다. 또한 이후의 부상에 대비해 잘 챙겨 두었을 것이다.

그러나 그는 절대로 그따위 짓을 할 생각이 없었다. 소마왕으로 태어났지만 인간의 자아를 가진 그에게 있어 인간의 영혼을 무슨 의약품이나 전투용 소모품으로 활용한다는 것은 있을 수 없는 일이니까.

그가 아무리 협의 따위는 개에게나 주라고 투덜거렸다지만, 그렇다고 협의를 완전히 마음에서 저버린 것은 아니었다.

"유아즈 아배흐……! 오래도록 마물에게 고통받은 불쌍한 영혼들이여! 소마왕 샤크의 이름으로 그대들의 구속을 풀어 준다. 이제 누구도 그대들을 구속하지 않을 것이니 부디 편안한 안식을 취하도록 하라."

선천마기를 통해 발하는 소마왕의 권능! 그것으로 샤크는 영혼들을 구속할 수도 있고, 풀어 줄 수도 있었다. 보통의 소마왕들이라면 절대 이런 착한 일을 할 리가 없지만 샤크는 달랐다.

화악! 화아아악!

자유를 얻은 영혼들이 찬란한 빛을 발했다. 그들은 자신들을 자유롭게 만들어 준 샤크의 주위를 잠시 맴돌았다. 그러나 이내 환야의 상공 저편으로 사라졌다.

'……'

항상 그래 왔듯 알 수 없는 뿌듯함이 가슴에 밀려왔다. 물리적으로 채워지는 것은 없지만, 심리적으로 채워지는 무엇이 있다. 그것은 오직 선한 일을 했을 때만이 느낄 수 있는 특별한 기쁨이리라.

하지만 그와 동시에 뭔가 허전함도 밀려왔으니.

순간적이긴 했지만 샤크는 마치 타는 듯한 갈증과 허기를 느꼈다. 이는 그가 비록 인간의 정신을 가지고 있지만 동시에 마왕의 육신을 가지고 있기 때문에 벌어지는 일이었다.

그의 정신은 협의를 추구하지만, 그의 육신은 마왕의 본능을 추구하고 있었다. 참혹하도록 사악한! 인간의 영혼을 탐스러운 먹잇감으로 생각하는 영혼 포식자의 본능.

그것을 깨달은 샤크는 입가를 비틀며 씁쓸히 웃었다. 이번 한 번만이 아닐 것이다. 어쩌면 앞으로 장구한 마왕으로서의 삶 동안 끝없이 겪게 될 고통인지도 모른다.

물론 그가 인간으로서의 정체성을 잃어버린다면, 그로 인해 완전한 마왕으로서의 정체성을 갖게 된다면 그러한 고통은 사라지겠지만.

샤크는 이를 악물었다. 그가 아무리 전생을 기억한다 해도 보통의 인간이 가진 평범한 의지였다면 육신이 갈구하는 본능에 굴복했을 것이다. 그러나 그의 강인한 의지는 철저히 그것을 거부했다.

'내가 죽으면 죽었지, 절대 그럴 일은 없다.'

그보다 지금 그의 몸은 만신창이가 된 터라 휴식이 절실했다. 회복을 하려면 어딘가 안전한 장소를 찾아야 할 것이다. 그러나 잠시 주위를 살핀 그의 표정은 이내 딱딱하게 굳어지고 말았다.

'으음······!'

하나같이 험악한 기세를 내뿜는 마물들이 사방에서 밀려들었다. 그 숫자는 언뜻 봐도 수십 마리. 각각이 내뿜는 기세는 조금 전 그가 해치운 마물 못지않았다.

"킥! 키키킥! 저럴 수가! 갓 태어난 소마왕이 저기 있다."

"크힛! 이쪽에서 아주 먹음직한 냄새가 난다 했더니만."

"깔깔깔! 저건 내 거야. 아무도 건드리지 마."

마물들은 입맛을 다시며 다가왔다. 하나도 녹록지 않은데 그런 마물들이 무려 수십 마리가 넘다니. 조금 전의 부상으로 인해 제대로 서 있기도 힘든 샤크로서는 그야말로 최악의 상황이 아닐 수 없었다.

'제길! 정말로 태어난 당일 죽을 운명인지도 모르겠군.'

샤크는 인상을 찡그린 채 마물들을 노려봤다. 윙 블레이드를 무리하게 펼치느라 날개가 찢어져 너덜거렸다. 이대로는 날아오를 수도 없는 상황.

믿을 것은 날카로운 검으로 변형시킨 오른손뿐이지만,

윙 블레이드 57

그것만으로는 지금 보이는 마물들 중 어느 하나도 상대하기 힘들 것이다. 아니, 지금으로선 꼿꼿이 서 있을 힘도 없었다.

"크키킥! 이놈은 내 거다."

그사이 어느새 다가온 마물 하나가 샤크를 번쩍 들어 올리더니 곧바로 입으로 가져갔다. 쩍 벌어진 입속에서 시뻘건 혓바닥이 튀어나와 샤크의 몸을 휘감았다.

'빌어먹을!'

약간의 선천마기만 남아 있어도 이 흉물스러운 혓바닥을 뎅겅 잘라 버릴 수 있겠지만, 지금은 날개는커녕 팔을 꿈틀거릴 힘도 없으니 이를 어쩐단 말인가? 샤크는 꼼짝없이 마물의 입속에 들어가 맛 좋은 보양식이 될 운명이었다.

그런데 불행 중 다행인 것인가? 근처로 모여든 다른 마물이 날린 날카로운 발톱이 샤크를 휘감은 마물의 혀를 잘라 버렸다.

서컹!

"꾸어어어억!"

혀가 잘린 마물이 몸부림치는 순간 다른 마물이 달려와 샤크를 움쩍 잡아 쥐더니 자신의 입으로 가져갔다. 그러나 그 마물 역시 뜻을 이루지는 못했으니.

"쿠카카캇! 감히 누가 내 음식을 건드리느냐?"

또 다른 마물이 휘두른 거대한 철퇴 같은 무기에 샤크를 움켜쥐었던 마물의 머리가 몸통에서 사라졌다.

그런 식으로 샤크는 온갖 형상의 끔찍한 마물들의 손에서 손으로 계속 옮겨 다녔다. 그 와중에 그의 사지는 탈골되었고, 피부들은 갈가리 찢겨 형상을 알아보기 힘들었다.

그러다 보니 제아무리 정신력이 강한 샤크로서도 더 이상은 버티기 힘들었다. 이를 악물고 버티던 그는 그대로 정신을 잃었다.

화아아악!

그때 어디선가 불어온 붉은빛의 폭풍이 마물들을 덮쳤다. 그 빛의 폭풍에 휘말린 마물들은 몸을 부르르 떨었고, 이내 먼지로 변해 흩어져 버렸다.

털썩!

그로 인해 마물 중 하나의 손에 붙잡혀 있던 샤크의 몸이 맥없이 바닥으로 떨어져 내렸다. 이미 혼절한 상태라 샤크는 지금 무슨 일이 벌어진 것인지 알지 못했다.

'…….'

그런 그의 모습을 탐스러운 붉은 머리의 한 여인이 인상을 살짝 찌푸린 채 지켜봤다.

'이해할 수 없는 일이구나. 소마왕이 어찌 영혼들을 풀어 주었을까?'

그녀의 이름은 카렌. 환야에 속한 세계 중 한 곳인 이데스 대륙의 인간 용자 르티아의 가디언 중 하나였다. 오늘 우연히 근처를 지나다 막 환야의 세계에 태어난 소마왕을 발견했던 것이다.

찬란한 은빛의 날개를 지닌 소마왕의 용모는 실로 아름다웠지만 그대로 두면 사악하기 이를 데 없는 환야의 마왕으로 성장할 것이 분명할 터. 곧바로 죽여 없애기로 했다.

그런데 그녀보다 앞서 한 마물이 소마왕을 발견했고, 이내 격투가 벌어졌다. 물론 카렌은 소마왕이 당연히 마물에게 잡아먹힐 것이라 예상했다.

소마왕을 덮친 마물은 하급이나 중급도 아닌 상급 수준! 갓 태어난 소마왕의 전투력은 하급 마물 수준에 불과하다 했으니 애초부터 상대가 될 수 없었다. 그런데 예상과 달리 소마왕은 아주 극적으로 마물을 해치워 버렸다.

그것은 매우 기이하면서도 놀라운 일이었다. 그러나 그보다 더욱 믿기 힘들었던 일은 소마왕이 자신에게 귀속된 영혼들을 자유롭게 풀어 주었다는 것!

카렌은 처음에 자신의 눈을 의심했다. 비록 갓 태어났다지만 심성이 악의 화신이나 다름없는 소마왕이 인간의 영혼들을 동정하여 자유롭게 풀어 준다는 것은 도저히 있을 수 없는 일이었기 때문이다.

환야의 세계에서 정의의 편에 속하는 용자가 타락해서 나쁜 짓을 하는 경우는 꽤 있었다. 그러나 반대로 마왕이 참회하여 착한 일을 하는 경우는 단 한 번도 없었다. 따라서 당연히 소마왕들 역시 착한 일을 한다는 것은 불가능하다고 봐야 했다. 그런데 그런 말도 안 되는 장면을 목격한 것이다.

혹시나 장난을 치는 건가 싶었지만 소마왕의 표정은 매우 엄숙하고, 또 진지했다. 또한 인간들의 영혼이 자유롭게 된 것을 매우 뿌듯한 미소로 기뻐하기도 했다.

보면서도 믿을 수 없는 진기한 광경!

무엇보다 이 소마왕은 마물과 싸우면서 극심한 부상을 입은 상태가 아니었던가? 그래서 더더욱 이해가 되지 않았다.

소마왕에게 인간들의 영혼은 유용한 포션이나 다름없다. 영혼들을 섭취하면 웬만한 부상은 그 즉시 회복될 뿐만 아니라 일시적으로 마력도 증폭시킬 수 있으니까.

따라서 소마왕이라면 당연히 인간의 영혼을 먹었어야 정상이다. 물론 그랬다 해도 이후로 몰려든 수백 마리의 마물들에 둘러싸여 처참한 최후를 맞이했겠지만 말이다.

본래 카렌은 소마왕이 마물에게 구속됐던 영혼들을 획득한 후 섭취하기 직전에 그를 제거해 영혼들을 풀어 줄 생각이었다. 만일 소마왕이 그 영혼들 중 단 하나라도 입에 가져갔다면 지금쯤 카렌의 손에 죽임을 당했을 것이다.

그런데 소마왕은 그녀로서는 도저히 이해할 수 없는 행동을 취했다. 만신창이 상태로 부상을 입은 몸인데도 인간들의 영혼을 먹지 않고 자유롭게 풀어 줄 줄이야.

바로 그것이 카렌의 호기심을 자극했다. 물론 그렇다 해서 이 소마왕을 살려 줄 생각은 아니었지만, 적어도 무엇 때문에 그런 소마왕답지 않은 짓을 했는지는 물어볼 생각이었다.

'이유는 들어 본 후에 죽이자.'

카렌은 처참한 몰골이 되어 바닥에 쓰러져 있는 소마왕 샤크를 차갑게 쏘아봤다.

잠시 후, 샤크는 한 동굴 속에서 눈을 떴다.

'으윽!'

전신이 부서질 듯한 고통이 엄습해 왔다.

'고통이 느껴지는 걸 보니 아직 살아 있는 건가?'

마물들에게 잡아먹혔어야 정상일 텐데, 그 와중에 어떻게 살아난 것일까? 그러다 샤크는 자신을 물끄러미 쳐다보고 있는 붉은 머리 여인을 발견했다.

'……!'

신비로운 붉은 머리카락 사이로 루비처럼 반짝이는 붉은 홍채, 눈처럼 하얀 피부를 가진 여인의 용모는 샤크가 전생에서 보았던 그 어떤 미녀보다도 아름다웠다.

인간이 어찌 이리 아름다울 수 있을까?

그러다 샤크는 그녀가 인간이 아닌 로아탄임을 소마왕으로서의 직감으로 어렵지 않게 간파했다.

로아탄.

이는 매우 특이한 종족이었다. 누군가의 가디언이 되기 위해 태어난 특별한 종족이라 해서 일명 가디언족이라 부르기도 한다 했다.

보통 이들의 능력은 마족이나 드래곤들보다는 훨씬 우위에 있으며, 마왕이나 정령왕보다는 아래에 있는 편이지만 간혹 예외적으로 웬만한 마왕들의 뺨을 후려칠 만큼 강력한 이들도 있다 했다. 물론 모두 전달자 노인에게 들었던 말이었다.

"로아탄! 그대가 혹시 나를 구했나?"

인상을 쓰며 간신히 일어나 앉은 샤크가 물었다. 순간 카렌은 어이가 없었다. 만신창이 상태의 하찮은 소마왕 주제에 그녀를 보고 두려워하기는커녕 감히 질문을 해오다니. 그녀의 눈매가 매서워졌다.

"그따위는 알 거 없어. 그보다 넌 왜 영혼들을 풀어 줬지?"

이번에는 샤크의 표정이 멍해졌다.

"영혼?"

"잊었어? 아까 네가 인간들의 영혼을 풀어 줬잖아. 마물을 죽이고 얻은 영혼들 말이야."

"그럼 풀어 줘야지 그들을 먹기라도 하란 건가?"

"당연하지. 넌 소마왕이잖아. 소마왕 주제에 왜 영혼을 먹지 않고 풀어 줬는지 말해 봐. 대체 무슨 속셈이었지?"

카렌의 두 눈이 이글거렸다. 소마왕이 소마왕답지 않은 행동을 한 것이 영 거슬렸기 때문이다. 샤크는 어깨를 으쓱하며 대답했다.

"그대야말로 당연한 걸 묻는군. 그들이 불쌍하니까 풀어 준 것이지 달리 이유가 있겠나?"

"흥! 말도 안 되는 소리 지껄이지 말고 빨리 무슨 속셈인지 말하지 못할까! 제대로 대답하지 않으면 죽여 버리겠다."

소마왕이 인간의 영혼을 불쌍히 여긴다? 이는 오우거나 오크가 싱싱한 생고기를 보고 불쌍히 여겨 먹지 않겠다는 것과 다름없는 일이었다. 그러니 그녀가 샤크의 말을 어찌 곧이 믿을 수 있겠는가?

"빨리 대답해! 이유가 뭐야?"

카렌이 험악한 눈빛을 발하며 협박했지만 샤크는 눈 하나 깜빡하지 않았다. 비록 지금은 무력한 소마왕의 신세지만 그의 자아는 전생의 고금 제일인 광협 백룡이다. 무림의 모든 고수들이 한데 모여 그를 죽이려 했을 때도 코웃음 쳤던 그였다.

"나는 사실을 말했다. 그걸 믿든 말든 그대의 자유다."

"헛소리 말라고 했지! 소마왕이 인간의 영혼을 불쌍히 여긴다는 게 말이 되는 소리야?"

카렌은 당장이라도 샤크를 후려칠 기세였다. 샤크는 그제야 그녀가 무엇 때문에 혼란스러워하는지 짐작할 수 있었다. 하긴, 그녀의 말이 맞다. 환야에서 소마왕이 인간의 영혼을 불쌍히 여긴다는 것은 말도 안 되는 소리인 것이다. 샤크 자신이 별종이어서 문제일 뿐.

"그대가 믿기 힘들겠지만 난 전생에 인간이었다. 어쩌다 보니 전생의 기억을 그대로 가진 채 소마왕으로 환생했을 뿐이야. 그래서 인간의 영혼을 먹는다는 건 내게 끔찍한 일이 아닐 수 없지. 이제 이해가 되는가?"

"뭐, 뭐라고?"

카렌은 두 눈을 휘둥그레 뜬 채로 잠시 샤크를 멍하니 쳐다봤다. 사실 그사이 그녀는 샤크가 무엇 때문에 영혼들을 풀어 줬는지에 대해 나름대로 추정해 본 터였다.

이를테면 일단 놓아주었다가 다시 잡는다든가, 아니면 뭔가 특별한 주문을 걸어서 일정 시간이 지나면 다시 돌아오게 만든다든가. 물론 둘 다 말이 안 되긴 했지만 그래도 그녀가 생각하기에 가장 그럴듯한 이유들이었다.

그런데 전생에 인간이었다니! 그 전생을 기억하고 있어서 인간의 영혼을 먹을 수 없단다. 이게 말이 되는 소리야? 카렌은 눈을 가늘게 뜨며 싸늘히 웃었다.

"너 제법이야. 아주 그럴듯한 이유를 지어냈구나."

"지어낸 게 아니라 사실이다."

"닥쳐! 내가 그따위 헛소리를 믿을 것 같아?"

"굳이 믿으라고 강요할 생각은 없어."

카렌의 두 눈에 살기가 일었다.

"당연히 안 믿어. 따라서 넌 이제 죽어 줘야겠어, 소마왕."

"……"

샤크는 인상을 찌푸렸다. 눈앞의 이 아름다운 로아탄이 자신을 순순히 살려 주지 않을 것을 직감하자 속으로 탄식했다. 물론 죽음이 두렵지는 않았지만 새로운 삶을 제대로 살아 보지도 못하고 죽는다는 것이 왠지 허망하단 생각 때문이었다.

카렌은 샤크를 노려보기만 할 뿐, 선뜻 그를 죽이지 못했다. 그것은 매우 기이한 일이었다. 지금껏 마족이나 마물들을 죽이면서 그녀가 망설였던 적은 한 번도 없었다.

 또한 그녀에게 죽은 소마왕이 몇이었던가? 그녀는 샤크처럼 갓 태어난 소마왕을 죽인 적도 헤아릴 수 없이 많았다. 마치 알에서 깨어난 벌레를 가차 없이 밟아 죽이듯이.

 그런데 왜 샤크를 죽이지 못하는 것일까?

 그것은 샤크의 마음이 다른 소마왕답지 않게 인간적이고 진실해 보였기 때문이다.

 당연한 일이었다. 그는 전생에 인간이었던 기억을 고스

란히 가지고 있으니까. 또한 포식자로서의 본능마저 억누르고 인간들의 영혼을 풀어 줄 정도로 순수하기도 했다. 그런 그를 죽이자니 왠지 찜찜했다.

'이럴 때는 어찌해야 되지? 골치 아프구나.'

그녀는 고민했지만 쉽게 결정을 내리기 힘들었다. 그렇다고 계속 이대로 시간을 끌 수는 없어 어떤 식으로든 결론을 내리기로 했다.

"소마왕! 너의 정신이 비록 인간이긴 하지만 그래 봤자 넌 소마왕일 뿐이야. 결국 넌 소마왕으로서의 본능대로 살 수밖에 없게 될 거야. 누구든 타고난 운명은 거스르지 못하지. 따라서 넌 이제 죽어 줘야겠다."

샤크는 묵묵히 듣고 있다가 문득 물었다.

"그보다 지금 그대가 날 선뜻 죽이지 못하는 이유가 뭔지 알고 있나?"

갑자기 뜬금없는 질문을 받자 고개를 갸웃하던 카렌은 이내 코웃음 치며 대답했다.

"뭔가 착각하고 있구나. 내가 널 죽이길 망설인다 생각해?"

"물론이야. 그대는 지금 망설이고 있지."

"솔직히 뭐, 틀린 말은 아니야. 내가 잠시 망설였던 것은 사실이니까. 하지만 그렇다고 해서 달라지는 것은 없어. 이제 난 널 죽일 것이다."

순간 샤크의 두 눈이 카렌을 뚫어져라 쳐다봤다.

"확실히 죽일 이유가 없으니 망설였던 것. 그것은 바로 그대의 마음에 일종의 협의가 존재한다는 증거다. 비록 나의 육신은 소마왕이지만 나의 정신은 인간이기 때문에 그대는 날 차마 죽일 수 없는 것이지."

"협의……? 정의감이나 동정심 같은 거야?"

"비슷하다고 할 수 있지."

카렌이 팔짱을 낀 채 고개를 흔들었다.

"그냥 죽이기 찜찜했을 뿐, 동정심 따윈 없어."

샤크가 씩 웃었다.

"바로 그 찜찜하다는 것이 마음에 협의가 있다는 증거이지. 따라서 굳이 그 마음에 반하는 행동을 할 필요는 없어. 날 죽이면 평생 찜찜할 거다."

"그러니까 네 말은 지금……."

카렌은 샤크를 노려보며 말을 이었다.

"나보고 널 죽이지 말고 살려 달라는 거군?"

"부인하진 않으마."

샤크가 태연히 고개를 끄덕이자 카렌은 어이없다는 듯 입가에 조소를 머금었다.

"그러면 살려 달라고 빌어도 시원찮을 판에 뭐 그리 당당한 거야?"

"내가 빌면 살려 줄 생각인가?"

"물론 아니지. 넌 소마왕이니까 어쩔 수 없이 죽어야 돼."

"내가 마왕이 아닌 인간의 마음을 가지고 있는데도?"

카렌은 흠칫하더니 이내 한숨을 내쉬며 대답했다.

"아까도 말했지만 네가 아무리 인간의 마음을 가졌다 해도 소마왕으로 태어난 이상 그 운명을 거스르기란 불가능해."

"왜 불가능하다고 생각하지?"

"설령 네가 착하게 살려 한다 해도 주위에서 가만 놔두질 않을 거야. 특히 마왕들이 말이야."

"그들과 내가 무슨 상관인가? 나는 내가 하고 싶은 대로 살 것이다."

카렌이 고개를 흔들었다.

"그게 가능하다 해도 넌 환야의 세계에서 철저한 외톨이가 될 거야. 용자들은 어차피 너의 적이지만, 마왕들도 네게서 돌아설 테니까. 사실상 환야의 세계에 존재하는 모두가 너의 적이 된다는 뜻이지."

샤크는 픽 웃었다.

"모두가 나의 적이라? 그런 건 이미 익숙하니 새삼스러울 것 없다. 다시 말하지만, 남들이 무슨 상관인가? 나는 나대로 나의 길을 갈 뿐이다."

"그게 말처럼 쉬운 일인 줄 아나 보군?"

"쉬운 일은 아니지만 내겐 어려운 일도 아니지. 용자건 마왕이건, 그 어떤 놈들도 찍소리 못하게 내가 강해지면 되는 일이거든."

"……"

카렌은 일순 말을 잃었다. 용자건 마왕이건 그 누구도 찍소리 못하게 강해진다? 이게 지금 죽음을 눈앞에 둔 갓 태어난 소마왕 따위의 입에서 나올 말인가?

그녀는 어깨를 으쓱하며 말했다.

"패기는 좋구나."

"내게서 그것을 빼면 시체라 할 수 있지."

"뭐, 좋아. 그런 태도는 아주 마음에 들어. 차라리 네가 용자라면 좋았을 텐데. 내가 아는 용자 중에도 너와 같이 멋진 패기를 가진 자는 없었거든."

"나 역시 내가 용자로 태어났으면 했다. 하지만 기왕 소마왕으로 태어났으니 어쩌겠나?"

"하긴 그래. 어쨌든 이제 그만 끝내자."

"꼭 날 죽일 생각인가?"

"그래야지. 넌 소마왕이니까 죽어야 돼."

샤크는 입가를 비틀며 웃었다.

"큭! 정 그렇다면 죽여라. 솔직히 소마왕이라는 이 빌어먹을 운명이 내게 그다지 맞지 않는 옷이란 생각은 들었으니까. 그걸 벗겨 준다니 오히려 고맙다고 해야 할지도 모르겠군."

"……."

순간 카렌은 담담하면서도 차분한 눈빛으로 잠시 샤크를 쏘아봤다. 일순 그녀의 눈빛이 살짝 흔들리는가 싶더니 나직이 한숨을 내쉬었다.

'죽여야 하는데 왜 이러지? 정말 나답지 않구나.'

본래라면 가차 없이 죽여야 한다. 이유를 불문하고. 대상이 소마왕이라면 애초부터 동정의 여지가 없는 것이다.

그러나 그녀가 흔들리는 이유는 무엇일까?

이는 사실 그녀가 섬기는 용자 르티아가 결코 용자답지 않은 이유가 결정적이었다. 용자인 르티아는 마왕들과 어울리고, 심지어 다른 용자를 핍박하기도 했다.

예전에는 그렇지 않았다. 처음에는 매우 정의로웠던 용자였는데 언제부턴가 타락하기 시작했다. 카렌이 몇 번이고 충심 어린 간언을 했지만 오히려 르티아의 눈 밖에 나서 이렇게 외지를 떠도는 신세가 되어 버린 것이다.

한때는 용자 르티아 휘하의 제1가디언이던 카렌은 용자

의 심기를 상하게 한 죄로 제117가디언으로 지휘가 급강등 되었다. 제117가디언은 르티아의 로아탄 가디언 중 가장 말단이었다.

카렌이 만일 한 번 더 르티아의 눈 밖에 나는 행동을 하게 되면 르티아는 그녀를 내쳐 버릴지도 모른다. 그녀 역시 주군을 잃고 환야를 정처 없이 방랑하는 신세가 되고 싶지는 않아 르티아가 못마땅해도 참고 있었다.

아무튼 용자도 용자답지 않은 행동을 하고 있는데, 심지어 용자가 마왕들과도 어울리고 있는 마당에 굳이 그 용자의 가디언인 자신이 소마왕을 죽일 필요가 있을까?

카렌은 한숨이 나왔다. 물론 그 또한 핑계일 뿐이다.

르티아가 최근 아무리 이상하게 변했다 해도, 그가 아무리 타락해 가는 용자라 해도 그가 용자인 것은 다를 바 없다. 용자의 가디언인 그녀로서는 소마왕을 죽이는 것이 마땅하리라. 그럼에도 불구하고 카렌은 주저하는 자신을 이해하기 힘들었다.

"너! 내가 만일 오늘 널 살려 준다면 정말로 착하게 살 자신 있어? 네가 말하는 그 협의라는 걸 지키면서 말이야."

"글쎄! 내가 여기서도 협의를 추구할지는 아직 결정하지 않았다. 확실한 건, 적어도 악행을 저지르며 살지는 않겠다는 것이지."

"흠."

"대신 그대가 오늘 날 살려 주면 그에 대한 보답은 반드시 하겠다. 어떤 식으로든."

카렌이 인상을 구겼다.

"넌 끝까지 자신만만하구나. 그러고 보니 넌 내가 이미 널 살려 둘 거라 확신하고 있어."

"그대가 날 죽일 거였다면 벌써 죽였어야 했다. 굳이 날 죽일 이유를 찾을 필요가 없겠지."

카렌이 웃었다.

"틀린 말은 아니야. 엄밀히 말하면 난 널 살려 줄 이유를 찾고 있었던 건지도 모르지. 왜인지는 모르지만."

돌연 그녀의 타는 듯이 이글거리는 눈동자가 샤크의 얼굴 가까이로 다가왔다. 그러더니 그녀의 부드러운 입술이 샤크의 입술과 잠시 맞닿았다가 이내 떨어졌다. 샤크의 두 눈이 커지자 그녀는 오연히 웃었다.

"좋아. 어차피 넌 이곳 험악한 마물의 숲에서 얼마 생존하기 힘들 테니 굳이 내 손으로 죽이진 않겠어."

"그보다 방금 전 그건 뭐였나?"

"키스 말이야?"

"그래."

"별 뜻 없어. 굳이 말하자면 작별의 의미 정도."

"나쁜 느낌은 아니었지만 왠지 당혹스럽군. 누구에게나 그러나?"

"......"

카렌의 안색이 약간 붉어졌다. 웃기게도 그것은 그녀에게 첫 키스였다. 대체 왜 그랬을까? 세상에, 하필이면 소마왕과 말이다. 설마 그와 로맨스라도 만들어 보고 싶은 걸까?

그리고 보면 샤크에게는 그녀의 마음을 잡아끄는 강렬한 매력이 있었다. 어떤 남성적인 매력도 매력이지만 그보다 그냥 이유 없이 잡아끄는 매력이라는 표현이 더 정확할 것이다.

그것이 본래 소마왕이 가지는 마력적인 매력인지, 아니면 유독 샤크에게서만 풍겨나는 특유의 매력인지는 알 수 없지만 이데스 대륙 최고의 미남자라는 용자 르티아로부터도 느껴 보지 못한 강렬한 매력이었다.

하지만 저 소마왕에 대한 관심은 이제 그만 지워야 하리라. 그녀는 결코 소마왕과 어울릴 수 없는 용자의 가디언. 아무리 최근 들어 용자답지 않은 용자의 가디언인 자신의 삶이 왠지 허무하다 느낀다지만, 소마왕과의 로맨스는 좀 아니다 싶었다.

그때 샤크가 말했다.

"오늘 일은 잊지 않겠다. 꼭 보답하도록 하지."

카렌이 샤크를 슥 노려보며 차갑게 말했다.

"난 카렌, 이데스 대륙의 위대한 용자이신 르티아 님의 가디언이다. 혹여 네가 죽지 않고 살아남는다 해도 다음엔 나와 절대 마주치지 않는 게 좋을 것이다. 그땐 이유를 불문하고 널 죽일 테니까. 공생 불가! 그게 바로 나와 너의 운명이야."

"샤크."

샤크는 짤막하게 말하고는 그대로 가부좌를 틀고 앉았다. 카렌이 고개를 갸웃했다.

"샤크……?"

"샤크 테사우루스. 그게 내 이름이다."

"좋아, 그 이름을 기억하지."

카렌은 잠시 샤크를 쳐다보다 슥 손을 휘저었다.

츠으으웃!

순간 만신창이였던 샤크의 몸이 말끔하게 치유됨과 동시에 동굴 전체에 반투명한 빛이 아른거렸다.

"소마왕 샤크! 과연 네가 마왕으로서의 운명이 아닌 네 방식대로 살아가는지 두고 보겠어."

카렌은 곧바로 사라졌다. 샤크는 그녀가 자신을 치료해 주었을 뿐 아니라 동굴에 보호 결계도 펼쳐 두었음을 알고는 놀랐다. 보호 결계가 있는 한 마물들은 동굴로 들어올 수 없었다.

'신세를 졌군. 이 보답은 언제고 꼭 하도록 하겠다, 용자의 가디언 카렌!'

물론 이 보호 결계는 그리 오래 지속되지는 못한다. 그사이 샤크가 어떤 식으로든 자신의 힘을 각성하지 못하면 결계가 풀리는 즉시 마물들의 먹잇감이 되어 사라지게 될 것이다.

마족을 포함한 마물들이 소마왕을 향해 몰려드는 것은 그들의 본능. 그들은 소마왕에게 굴복하거나, 혹은 그를 잡아먹거나 둘 중 하나를 선택하게 된다.

슥.

상황이 급박한 터라 샤크는 지체 없이 한 가지 결단을 내렸다.

'일단 날개를 봉인한다.'

날개 봉인.

그것은 곧 소마왕의 날개를 감추는 것으로, 그 상태에서는 선천마기를 조금도 사용할 수 없다. 대신 그 순간부터 평범한 마물과 같은 기운을 풍기기에 더 이상 마물들이 샤크의 선천마기를 노리고 달려드는 일은 없을 것이다.

물론 이렇게 날개가 봉인된 상태에서도 선천마기는 계속

쌓인다. 그것이 외부로 드러나지 않을 뿐. 이때는 설령 다른 마왕이라 해도 그것을 알아볼 수 없다 했다.

현재 그의 외모는 날개가 봉인되면서 신비한 은발이 칙칙한 흑발로 바뀌었다. 겉으로 봤을 땐 마치 인간과 같은 외모였다.

물론 번뜩이는 붉은 눈에 2로빗(2m)을 훌쩍 넘는 신장을 가진 그는 평범한 인간이라기보다는 마물 같은 분위기였다. 그리고 실제로 마물이 맞았다. 적어도 소마왕의 날개를 봉인한 지금은 말이다.

'언제고 충분히 강해졌다고 생각했을 때 날개를 드러내겠다. 그때까지 난 소마왕이 아닌 평범한 마물로 살아가야 한다.'

이는 샤크뿐 아니라 대부분의 소마왕들이 생존하는 방식이지만, 선천마기를 사용하지 못하기에 소마왕으로서의 그 어떤 전투 능력도 펼칠 수 없다는 게 문제였다. 최하급 마물 수준의 전투력으로 험한 환야에서 살아남기란 쉬운 일이 아니니까.

하지만 언젠가 선천마기가 충분히 쌓여서 웬만한 마족이나 마물들을 간단히 권속으로 부릴 자신이 생기면 비로소 날개의 봉인을 해제하여 소마왕으로서의 정체를 드러낼 수 있으리라.

다만 그렇게 한 번 날개의 봉인을 해제한 후에는 두 번 다시 날개 봉인을 할 수 없다. 물론 날개가 없는 듯 외모를 바꿀 수는 있지만, 이전처럼 소마왕의 능력 자체를 봉인하는 건 불가능했다.

 따라서 날개의 봉인을 해제하는 것은 매우 신중하게 판단해야 했다. 선천마기가 얼마 쌓이지 않은 상황에서 어설프게 봉인을 해제했다가는 마족이나 마물들의 먹잇감이 되는 것은 물론이요, 다른 마왕들에게 죽임을 당할 수도 있기 때문이다.

 그만큼 소마왕이 마왕이 된다는 것은 험한 역정이 아닐 수 없었다. 대부분의 소마왕들이 마왕이 되지 못하고 죽는 이유가 바로 이 때문이다. 특별히 운이 좋거나 생존력이 아주 강하지 않고서는 마물로서 오래 살아남기가 쉽지 않은 것이다.

 그러나 그것은 보통의 소마왕들 얘기다. 샤크는 마물로서 어떤 식으로 생존해 갈지 이미 계획을 세워 놓은 터였다. 전달자 노인에게 이에 대해 들은 바가 있기 때문이다.

 날개의 봉인을 풀 때까지 선천마기를 사용할 수 없다면, 후천적인 기운을 쌓아 활용하면 된다. 이를테면 전생에서 심법을 운공해 쌓았던 내공과 같은 기운이 대표적인 것이다.

환야에는 내공과 흡사한 기운으로 마나, 루스와 같은 것들이 있는데, 그것들은 각 속성에 따라 수많은 종류의 힘으로 존재했다. 그중에서 마물들에게 가장 강력한 능력을 주는 것은 어둠의 마나, 즉 마기였다.

물론 이 마기는 소마왕이 태생적으로 보유한 선천마기와는 다른 것이라 엄밀히 말하면 후천마기라고 부르는 것이 맞을 것이다.

이 마기를 쌓는 수련법은 매우 다양했는데, 대표적인 것이 섭취였다. 쉽게 말해 잡아먹는 것! 각종 마물이나 마족들을 먹음으로써 마기가 체내에 쌓이는 것이다.

그러나 섭취를 통한 수련에는 명백한 한계가 존재했다. 처음에는 매우 빠른 속도로 마기가 쌓이지만 어느 순간부터는 아무리 많은 마물이나 마족들을 섭취해도 아주 미량씩만 마기가 쌓이기 때문이다.

또한 같은 종이나 유사 종을 먹는 것은 소화불량에 걸릴 뿐 아니라 마기가 폭주해 오히려 흩어져 버릴 위험이 존재하기에 철저히 금기시되었다.

이와 같은 한계가 존재함에도 섭취를 통한 방법이 가장 선호되는 이유는 이것이 가장 손쉬우면서도 빠르게 마기를 쌓을 수 있기 때문이다. 마물들의 종이 무수히 많고 수시로 새로운 종들이 생겨나니 굳이 같은 종을 먹어 소화불량에 걸릴 일도 없었다.

또 다른 방법은 특별한 호흡법이나 명상법을 통해 마기를 쌓아 가는 것으로, 이것은 섭취에 비해 마기가 쌓이는 속도가 매우 더디지만 시간이 가면 갈수록 증가 폭이 늘어나 나중에는 압도적으로 많은 마기를 가질 수 있다는 장점이 존재했다.

장기적으로 봤을 때는 당연히 후자의 방법을 택하는 것이 유리하겠지만, 그것은 매우 지루하면서도 고통스러운 수련이 수반되는 터라 대부분 손쉬운 섭취를 통해 마기를 쌓아 가는 편이라 했다.

물론 두 가지 방법을 혼용하는 방법도 있긴 했다. 초반에는 섭취를 통해 빠르게 마기를 쌓은 후, 그것이 한계에 다다르면 그때부터 호흡법이나 명상법을 통해 차근차근 마기를 쌓아 가면 되는 것이다.

그러나 샤크의 경우는 두 가지 방법을 혼용하는 것이 오히려 번거로울 뿐이었다. 호흡법을 통해서도 빠른 속도로 마기를 쌓을 수 있는 방법을 알고 있으니까. 물론 그것은 전달자 노인이 알려 준 것이 아니라 전생의 지식에서 비롯된 것이다.

전달자 노인이 몇 가지 심법을 알려 주긴 했지만 그것들은 샤크가 보기에 가소로울 정도로 수준이 낮았다. 전생에서 그가 창안했던 내공심법에 비하면 말이다.
 또한 현재의 육신이 마물이라 해서 굳이 마기를 쌓을 필요도 없었다. 어떤 속성으로도 변환이 가능한 근원적인 기운인 무극지기(無極之氣)를 쌓는 것이 생존에 훨씬 효과적일 테니까.
 만상무극심법(萬象無極心法).
 무림에 존재하는 거의 모든 상승심법의 묘리를 집대성하여 가장 완벽하게 창안한 절세의 심법. 이 심법을 통해 쌓이는 내공의 기운을 무극지기라 한다.
 전생에서 만상무극심법의 화후가 7단계를 넘어서게 된 후, 당시 백룡은 가히 미증유에 해당하는 가공할 무극지기를 쌓을 수 있었다.
 그가 광협이라 불리며 혼자서 무림을 독보군림할 수 있었던 것도 바로 이 만상무극심법에서 비롯된 것이었다.
 '일단 만상무극지체로 신체를 변형시켜야 한다.'
 소마왕으로서의 전투 능력은 봉인되었지만 그의 신체는 환골탈태를 할 필요도 없을 만큼 완벽한 무골이었다. 무공을 펼치기에 가장 이상적인 신체인 것이다.
 특히나 경이적인 것은, 그의 마음이 이는 대로 신체의 구조 변형이 가능하다는 점. 따라서 만상무극심법을 펼치기 가장 이상적인 혈맥들을 형성시키는 건 어려운 일이 아니었다.

만상무극지체!

전생에서 그가 환골탈태를 무려 세 번이나 거치고서야 가능했던 일이다. 심장이 부서지고 호흡이 끊어지지 않는 한 결코 죽지 않는 기적의 불사지체!

이는 무극지기가 혈맥과 신체를 보호하기 때문으로, 아무리 극심한 부상을 당한다 해도 시간이 지나면 상처가 저절로 회복된다.

츠츠츠.

샤크는 곧바로 신체 변형에 들어갔다.

그 후로 얼마의 시간이 지났을까?

한동안 마치 바위라도 된 듯 미동도 없이 앉아 있던 샤크가 일순 길게 숨을 내뱉으며 눈을 떴다. 무사히 만상무극지체가 되는 데 성공한 것이다.

이제 특별한 운기조식을 하지 않아도 만상무극심법이 저절로 펼쳐지게 된다. 즉, 따로 의식을 하지 않아도 그의 몸은 항시 주변의 마기나 마나, 루스 등을 흡수하듯 빨아들여 무극지기를 쌓게 되는 것이다.

출렁!

공교롭게도 바로 그 순간, 마치 기다렸다는 듯 동굴을 보호하던 결계가 사라져 버렸다. 동시에 동굴 바깥에서 대기하고 있던 마물들이 성큼 들어와 샤크를 노려봤다.

"쿠쿠쿠쿡!"

"키키킥!"

마물들의 모습은 익숙했다. 가오리 형상의 머리에 복어와 같은 몸체! 아까 샤크가 해치웠던 그 마물과 같은 종이 분명했다.

그러나 다행인지 지금 나타난 마물들은 덩치가 작았다. 각각이 수십 개 정도의 촉수만 가지고 있었으니까. 얼마 전 죽였던 마물이 성체라면 지금 나타난 것들은 아직 새끼들에 불과한 모양이다.

그러나 소마왕의 강력한 비기인 윙 블레이드를 펼칠 수 없는 지금의 샤크에게 그것들은 결코 만만한 상대가 아니었다. 특히나 새끼들이 있다면 근처에 어미가 있을 가능성이 높지 않은가?

'시간이 없다. 성체 마물이 도착하기 전에 이놈들을 해치워야 돼.'

샤크는 이미 강력한 마기를 풍기는 존재가 동굴에 거의 다다라 있음을 느낀 터였다. 비록 날개 봉인으로 선천마기를 사용할 수는 없지만 소마왕으로서의 본능적인 감지 능력까지 사라진 것은 아니었다.

슈욱.

곧바로 샤크의 오른손이 길게 늘어나며 날카로운 검의 형상으로 변했고, 그것이 선두에 있던 마물의 외눈을 꿰뚫었다. 그 눈이 바로 마물의 마기가 모여 있는 급소였다.

쿠직!

"쿠어억!"

눈이 박살 난 마물의 몸체는 맥없이 허물어졌다. 그러자 뒤에 있던 마물들이 움찔 놀라더니 일제히 흩어지며 샤크를 포위했다.

추악! 추아아악!

뾰족한 촉수들이 화살처럼 날아들었지만 이미 샤크는 마물 중 하나의 뒤쪽으로 이동한 터였다. 그로 인해 촉수들은 애꿎은 마물의 몸에 틀어박혔고, 무더기로 날아온 촉수들 중 하나는 마물의 눈마저 꿰뚫어 버렸다.

"쿠어어어!"

마물이 비명을 지르며 쓰러졌다. 그사이 샤크의 수검(手劍)은 또 다른 마물의 눈을 박살 냈다.

연이어 또 하나의 마물이 비명을 지르고 널브러졌다.

스컥!

"크어억!"

아쉽게도 만상무극심법을 펼친 지 얼마 되지 않은 터라 무극지기는 거의 쌓이지 못했다. 샤크가 믿고 있는 것은 전생에서 습득한 전투 감각뿐. 다행히 그것은 그야말로 대단한 위력을 발휘했다.

샤크의 속도는 그리 빠르다 할 수 없었는데, 마물들은 그의 움직임을 따라잡지 못했다. 오히려 샤크가 움직이는 대로 몰려다니며 허둥댈 뿐. 샤크는 촉수들을 피해 달리면서 슥슥 손을 휘저었고, 그때마다 마물들이 하나씩 쓰러졌다.

"죽엇!"

콰직!

그렇게 샤크가 마지막 마물의 눈을 꿰뚫었을 때였다. 갑자기 촉수 하나가 바람처럼 샤크를 향해 날아들었다. 그는 깜짝 놀라 피하려 했지만 촉수는 그의 몸을 순식간에 휘감았고, 그대로 동굴의 벽으로 충돌시켰다.

콰앙!

"크윽!"

온몸이 으스러지는 듯한 충격! 그러나 그것은 시작일 뿐이었다. 촉수는 샤크를 동굴 천장과 바닥, 벽으로 마구 내동댕이쳤다.

쾅! 쿠쾅! 쾅쾅쾅!

샤크의 몸에서 피가 튀고 살점이 찢어져 나가며 다시 만신창이로 변했다. 이내 그의 몸은 생기를 잃은 듯 축 늘어졌다.

그제야 비로소 촉수의 주인인 마물이 몸체를 드러냈다. 거대한 가오리 형상의 머리에 불룩 나온 몸체를 가진 마물. 수백 개의 흉물스런 촉수들이 뱀처럼 꿈틀거리며 그의 몸을 두르고 있었다.

마물은 동굴 도처에 널브러져 있는 마물들의 사체를 보더니 이내 두 눈에서 분노의 흉광을 내뿜었다.

"크으으으! 감히! 네놈은 누구기에 감히 나 이로악의 영역을 침범해 나의 자식들을 죽였단 말이냐? 용서 못해. 죽여 버리겠다!"

마물 이로악은 축 늘어져 있는 샤크를 자신의 입 쪽으로 가져왔다. 그의 입이 쩍 벌어졌고, 뽀족한 이빨들 사이에서 붉은 혓바닥이 날아와 샤크의 몸을 받아 들었다.

바로 그 순간 샤크가 두 눈을 번쩍 떴고, 그대로 마물 이로악의 혀를 잘라 버렸다.

서컹!

"끄어어어!"

샤크는 이로악이 고통에 몸을 부르르 떠는 순간을 놓치지 않고 훌쩍 뛰어올라 수검으로 그것의 외눈을 찔렀다.

파악!

"으윽……!"

놀랍게도 이로악이 반사적으로 감은 눈꺼풀은 마치 철갑

이라도 되는 듯 오히려 수검이 함몰되어 버렸다.
 '제길! 명색이 검인데 눈꺼풀 하나도 뚫지 못하는가?'
 선천마기가 깃든 수검이라면 이따위 눈꺼풀은 가볍게 뚫어 버렸겠지만 지금은 날개가 봉인된 상태라 수검의 위력이 크게 떨어진 상태였다. 그나마 놈의 혀라도 자를 수 있었다는 것이 다행이리라.
 '으윽! 무극지기가 조금만 더 모였어도……'
 샤크는 손목이 부러진 고통에 정신이 아득해져 왔지만 이를 악물었다. 이미 전신의 피부가 찢어지고 만신창이가 된 터라 손목 하나가 부러진 정도의 고통은 아무것도 아니었다.
 '흐읍!'
 사실 아무리 인간에 비해 생존력이 몇 배 이상 강한 마물의 육신이라 해도 지금처럼 전신이 만신창이가 된 상태로 버텨 내기란 쉬운 일이 아니었다. 이는 만상무극지체가 가진 신비한 힘이 전신의 혈맥과 주요 부위를 보호하고 있었기 때문에 가능한 일이었다.

Chapter 4

배신은 용서 못 한다

"쿠어어어! 죽인다! 죽여 버리겠다!"

마물 이로악이 신음과 같은 괴성을 지르며 촉수들을 마구 휘두르자 수백 개의 촉수들이 마치 장대비가 쏟아지듯 날아들었다.

슈우욱- 추악! 추아아아악!

샤크는 이내 그것들을 피하며 이로악의 주위를 맴돌았다. 그에게 발광하듯 날아드는 촉수들의 움직임 따위는 가소로울 뿐이었다. 그보다 수백 배는 더 난해한 검법의 검로(劍路)들도 창안했던 그였으니까.

스컥! 스커컥!

오른손이 함몰된 터라 좌수를 검으로 변형시켜 미처 피하기 힘든 촉수들은 잘라 버렸다. 철갑과 같은 눈꺼풀과 달리 촉수들은 수검에 쉽게 잘려 나갔다.

"쿠아아아! 쿠아아아!"

이로악이 괴성을 지르자 잘려 나간 촉수들의 끝에서 시커먼 점액질 같은 것이 생겨나더니 촉수들이 본래의 길이로 복원되었다.

각각이 뱀처럼 살아 있는 촉수들이 좀 전에 비할 수 없이 빠른 속도로 샤크를 따라붙었다.

'제길!'

비틀거리며 달아나는 샤크는 촉수들에 붙잡힐 듯 위태로워 보였지만 위급한 상황마다 수검을 휘둘러 촉수를 잘라내며 버텼다.

그렇게 한참을 정신없이 움직이던 샤크가 돌연 우뚝 멈춰 섰다. 어떻게 된 일인지 그를 집요하게 붙잡으려 날아들던 촉수들도 모두 멈춘 상태였다.

"쿠으으윽! 이런 말도 안 되는 일이……."

놀랍게도 이로악의 촉수들은 서로 뒤엉킨 채 묶여 버렸다. 그로 인해 이로악은 스스로가 가진 수백 개의 촉수들에 칭칭 묶인 신세가 된 것이다.

이는 이로악이 힘의 근원을 보호하기 위해 눈을 감은 채 촉수들을 휘두르다 벌어진 일이었다. 각각의 촉수들마다 뱀의 눈과 같은 눈알이 달려 있었지만 그것들은 샤크의 뒤를 쫓는 데만 급급했을 뿐, 자신들이 서로 뒤엉키고 있다는 사실은 알지 못했다.

"으드드득! 죽여 버리겠다, 하찮은 놈!"

이로악은 이를 갈더니 촉수들을 풀었다. 일시적으로 복잡하게 뒤엉켜 버렸지만 그의 힘으로 그것들을 다시 푸는 것은 어려운 일이 아니었다.

문제는 그가 그 와중에 반사적으로 슬쩍 눈꺼풀을 들어 올린 데 있었다. 설마 바로 그 순간을 노리고 샤크가 그의 외눈에 수검을 박아 넣을 줄 어찌 상상이나 했겠는가.

푸욱!

"꾸아아아아악! 부, 분하다······."

샤크의 수검에 눈이 꿰뚫리자 이로악은 힘의 근원이 파괴되는 고통에 몸부림쳤다.

샤크는 차갑게 웃으며 말했다.

"안됐지만 나는 너 따위 마물에게 죽을 만큼 만만한 존재가 아니란다. 그만 가거라!"

그 말과 함께 샤크는 좌수에 힘을 주며 이로악의 눈을 완전히 터뜨려 버렸다. 이로악이 몸을 부르르 떨더니 이내 축 늘어졌다.

쿠웅! 후두두둑!

거대한 몸체와 촉수들이 바닥으로 널브러졌다. 동시에 그것의 몸체로부터 십여 개의 빛무리가 흘러나와 샤크의 몸에 달라붙었다. 마물 이로악이 잡아먹은 인간들의 영혼이 분명했다.

영혼들이 몸에 붙은 순간 빛은 사라지고 투명하게 변했다. 아무런 무게도 느껴지지 않았기에 움직임에 불편함은 없었지만.

'이런! 영혼들을 풀어 줄 수 없군.'

샤크에게 귀속된 영혼들은 오직 소마왕의 권능을 통해서만 풀어 줄 수 있다. 이대로라면 그에게 귀속된 영혼들은 언젠가 그가 날개의 봉인을 해제할 때까지 그의 노예와 같은 신세로 남아 있어야 하리라.

물론 그거야 크게 문제가 되지 않는다. 그때 가서 풀어 주면 될 테니 말이다.

그러나 영혼 포식자로서의 본능이 문제였다. 그가 마음 먹으면 언제든 몸에 붙어 있는 영혼들을 떼어 내 섭취할 수 있었다. 그것들은 마치 향기로운 요리처럼 그의 식욕을 자극했다. 특히나 지금처럼 부상이 심한 상태에서는 곧바로 몸을 회복시킬 수 있는 영약이나 다름없었다.

'차, 참아야 한다. 영혼들을 먹는 순간 나는 인간으로서

의 의지가 사라지고 완전한 마왕이 되어 버린다.'

샤크의 두 눈이 활활 불타올랐다. 본능을 이기는 의지. 그것은 초인, 아니 초마왕적인 의지였다. 그런데 그사이 또 다른 마물들이 나타났으니.

'저것들은?'

샤크는 비틀거리는 몸을 간신히 지탱하며 동굴 입구를 노려봤다.

"쿠르르!"

"쿠르르르!"

대략 1로빗 5핑거(1.5m) 정도의 작은 신장, 뾰족한 두 개의 뿔이 달린 머리는 염소와 비슷했다. 그러한 마물들이 무려 20마리가 넘었다.

'카치카!'

샤크는 의외로 쉽게 그들의 정체를 알아봤다. 모습을 보니 전달자 노인으로부터 들었던 마물의 종류 중 하나였기 때문이다. 마치 몬스터의 세계에 흔한 오크나 코볼트처럼 마물들 중에서 가장 흔하게 볼 수 있는 녀석들이 바로 카치카였다.

비가 오면 새싹이 돋아나듯 환야의 마물 숲에서는 수시로 카치카들이 생겨난다. 그들은 다른 마물들의 맛 좋은 먹잇감이 되기도 하고, 반대로 집단을 이루어 다른 마물들을 지배하는 포식자가 되기도 한다.

성체가 되면 신장이 2로빗에 육박한다 했는데 키를 보니 인간으로 치면 아직 소년 정도에 불과한 것들이었다. 그렇다 해도 그들의 숫자가 적지 않았기에 방심할 수는 없었다.

이 험한 마물 숲에서 나름 생존하고 있다는 것 자체만으로도 그것들의 능력은 범상치 않다고 봐야 했다. 그렇지 않았다면 아무리 20여 마리가 모여 있다 해도 벌써 다른 포식자에게 잡아먹혔어야 정상이기 때문이다.

'기선을 제압당하면 골치 아파진다.'

샤크는 두 눈에 힘을 주고 그들을 노려보며 크게 소리쳤다.

"감히 누가 나의 영역에 들어오느냐!"

카치카들이 긴장한 듯 멈춰 섰다. 그들은 마물 이로악의 사체 위에 오연히 서 있는 샤크를 두려워하며 섣불리 안으로 들어오지 못했다. 대신 이로악을 비롯한 마물들의 사체를 보며 침을 꿀꺽 삼킬 뿐이었다.

비로소 샤크는 카치카들이 자신을 노리고 이 동굴에 들어온 것이 아니라 마물 이로악과 그 새끼들의 사체를 노리고 온 것임을 알았다. 하긴, 날개가 봉인된 이상 마물들은 더 이상 샤크를 소마왕으로 인식할 수 없으리라.

'사체들을 먹으러 온 거였나?'

마물들이 가장 쉽게 강해질 수 있는 방법은 이종(異種)의 마물들을 잡아먹는 것이라 했다. 현재로서는 하급 마물 정도에 불과한 카치카들이 가히 상급 마물이라 할 수 있는 마물 이로악의 사체를 먹게 되면 상당한 능력 증진이 이루어지는 행운을 누리게 될 것이다.

평소라면 감히 이로악의 근처에도 오지 못했을 카치카들이 눈에 불을 켜고 동굴을 찾아온 것은 그 때문임이 분명했다. 이로악이 죽은 것을 어떻게 알았는지는 모르지만 말이다.

그러나 그런 만큼 그들은 샤크를 두려워하지 않을 수 없었다. 마물 이로악의 사체를 밟고 있다는 것! 그것 하나만으로도 샤크가 이로악을 능가하는 강자이자 포식자임을 증명하는 것이기에.

"크르르……!"

샤크를 노려보는 카치카들의 표정엔 두려움이 가득했지만 쉽사리 물러갈 기세도 아니었다. 그로 인해 긴장이 가득한 대치가 한동안 이어졌다. 그사이 샤크는 무극지기를 다소 회복했고, 함몰된 오른손도 복원하는 데 성공했다.

사실 그가 인간이었다면 아무리 만상무극지체라 해도 부서진 손을 이토록 빠른 시간에 본래 상태로 복원하기란 쉽지 않은 일이었을 것이다. 이는 현재 샤크가 비록 날개는 봉인되었지만 소마왕의 신체를 가지고 있기에 벌어지는 불가사의한 복원 능력이었다.

어쨌든 그로써 전투력의 상당 부분을 회복한 샤크는 이내 여유로운 미소를 지었다. 지금 상태라면 20여 마리의 카치카들을 혼자서 해치우는 건 그리 어려운 일이 아니었다.

그러나 문제는 그 이후에 벌어질 일이었다. 카치카들을 죽이고 나면 또 다른 마물들이 이곳을 노릴 것이 분명하지 않겠는가. 마물 이로악의 사체에 이어 카치카들의 사체까지 가득 쌓여 있는 이곳 동굴이 마물들에게는 마치 풍성한 연회장이나 다름없는 곳일 테니 말이다.

'그렇다면?'

샤크는 잠시 고민을 하다가 한 가지 좋은 생각을 떠올렸다. 어차피 강자 존의 법칙이 지배하는 이곳 마물 숲에서는 강한 자가 약한 자를 지배하는 것이 당연했다. 의외로 해결책은 간단한 곳에 있는 듯했다.

"감히 나의 영역을 침범한 어리석은 카치카들이여! 왜 물러가지 않는 것인가? 너희들은 정녕 나의 분노를 보고서야 물러갈 것인가!"

샤크는 짐짓 음성에 살기를 담아 외쳤다. 그러자 카치카들이 흠칫하더니 일제히 한 걸음씩 뒤로 물러났다. 그러나 여전히 두려움에 떨면서도 물러갈 생각은 하지 않았다. 그들의 대부분은 이로악의 사체에 시선을 고정한 채 침을 흘리고 있을 뿐이었다.

샤크는 이로악의 살점 하나를 잘라 내 위로 찍어 들며 물었다.

"혹시 이것이 먹고 싶으냐?"

"쿠르르르! 그, 그렇다."

"쿠르르! 제발…… 그것을 우리에게 다오."

카치카들은 간절한 눈빛으로 사정했다. 그러자 샤크가 의미심장한 미소를 지으며 말했다.

"그러면 내게 충성의 맹약을 해라. 너희들이 나의 부하가 되면 이것들을 모두 먹게 해줄 뿐만 아니라 앞으로도 배불리 먹을 수 있게 될 것이다."

"쿠르르……!"

"쿠, 쿠르르르!"

카치카들은 샤크의 제의가 뜻밖이라는 듯 눈을 휘둥그레 떴다. 그리고 잠시 고민하는 듯 서로의 눈치를 봤다. 성체로 다 자란 상태였다면 누군가의 부하가 되는 것을 달가워하지 않겠지만, 지금 그들은 모두 어렸다.

"쿠르르! 다, 당신의 부하가 되겠습니다."

"쿠, 쿠르르! 부, 부하가 되겠습니다."

그들은 이구동성으로 부하가 되겠다고 했다. 눈앞의 탐스러운 먹잇감에 홀린 이유도 있지만, 이제 그들의 로드가 될 샤크가 이 근처에서는 공포의 대상이었던 마물 이로악을 해치울 정도의 강자라는 것도 한몫했다. 강자의 부하가 된다는 것은 그만큼 생존 가능성이 높아지는 것을 의미하기 때문이리라.

"좋다. 너희들이 내게 충성을 맹세한 이상 나를 배신하지 않는다면 나도 너희들을 내치지 않을 것이다. 다시 말하지만, 나는 배신자를 가장 싫어한다. 날 배신하는 놈은 절대 용서하지 않는다. 알겠느냐?"

샤크의 두 눈에서 섬뜩한 안광이 번뜩이자 카치카들이 움찔 놀라며 일제히 납작 엎드렸다.

"쿠르르! 저, 절대 배신하지 않겠습니다."

전생에 제대로 배신을 당해 봤던 샤크였기에 다른 어떤 것보다 그것에 민감했다. 그러다 보니 그는 환야에서 첫 번째로 거둔 부하들에게 가장 먼저 배신하는 놈은 죽는다, 라는 공포의 각인부터 시켜 두었다.

사실 마물 숲의 마물들에게는 그것이 매우 효과적인 방법이었다. 그들에게 어떤 인간적 의리나 진심 어린 충성을 기대하는 건 있을 수 없는 일이니까. 오직 공포로 인한 절대 복종만이 존재할 뿐.

물론 샤크가 날개를 봉인하지 않았다면 선천마기를 활용해 마물들을 자신의 아래로 영구 귀속시킬 수 있었을 것이다. 그의 혈액에 선천마기를 깃들인 후 마물들에게 먹이면, 그 순간 그것을 받아먹으며 충성의 맹약을 한 마물이나 마족은 설령 죽는 한이 있더라도 배신이란 꿈도 꿀 수 없게 되기 때문이다.

그러나 지금 상태에서 할 수 없는 것에 미련을 두어 봤자 무슨 소용이 있을까? 그런 주술적인 귀속이 아닐지라도 샤크는 부하들을 통솔하는 데 일가견이 있었다.

전생에서 사악한 마교주 위지상을 무려 십 년 동안이나 착한 양처럼 만들었던 그가 아니던가. 비록 마지막 배신으로 뒤통수를 치긴 했지만 그 전까지 위지상은 백룡의 말이라면 죽는 시늉도 할 정도였다. 물론 끝이 무척 안 좋았으니 입맛이 씁쓸한 것은 어쩔 수 없었다.

'웬만하면 사람을 믿으려 했던 내가 어리석었지. 그러나 이제 두 번 다시 그런 일은 없다.'

샤크는 그때를 떠올리며 냉소했다. 기왕 부하들을 들인 이상 이제 부하들이 배신이라는 단어는 절대 떠올리지 않도록 애초부터 싹수가 노란 녀석들은 일벌백계를 통해 과감한 응징을 가할 생각이었다.

샤크는 자신의 눈치를 보며 엎드려 있는 카치카들을 향

해 담담히 말했다.

"이제 여기 있는 음식은 너희들의 것이니 마음껏 먹도록 해라."

"쿠르르! 고맙습니다, 로드."

"쿠르르륵! 잘 먹겠습니다, 로드."

드디어 허락이 떨어졌다. 카치카들은 앞다투어 달려가 마물 이로악의 사체를 뜯어 먹었다.

우적우적! 쩝쩝!

으직! 끄지지직! 냠냠!

카치카들은 잡담조차 없이 오직 먹는 데에만 열중했다. 기이한 일은 이로악의 사체를 먹자 카치카들의 신장이 조금씩 늘어나고 있다는 것!

하급 마물인 카치카들이 상급 마물의 육신을 먹은 순간 엄청난 마기가 쌓였고, 그것들의 전투력 또한 급증했다. 어느덧 20여 마리의 카치카들은 모두 2로빗 크기의 성체까지 커져 버렸다. 놀랍게도 전투력이 모두 하급에서 중급 수준의 마물로 상승한 것이다.

"쿠르! 쿠크크큭!"

"쿠우아아! 우히히히!"

덩치가 커진 카치카들의 두 눈이 전에 비할 수 없이 강렬하게 번뜩였다. 그들은 자신들의 능력이 급증한 것이 기쁜

듯 가슴을 두드리며 소리를 질러 댔다. 동시에 아직도 양이 안 찼는지 남아 있는 이로악의 사체와 그의 새끼 마물들의 사체까지 모조리 먹어 치웠다. 그야말로 가공할 식성이 아닐 수 없었다.

그사이 샤크는 피곤에 지친 기색으로 동굴 한쪽 벽에 등을 기대고 곤히 잠들어 있었는데, 꽤 피로가 심한지 카치카들이 이로악을 비롯한 마물들의 사체를 모조리 먹어 치울 때까지도 깨어나지 않았다.

"쿠르?"

"쿠큭……!"

일순 카치카들의 눈빛이 사납게 번뜩였다. 어쩔 수 없이 부하가 되겠다고 말했던 그들에게 충성심 따위는 존재하지 않았다. 따라서 그들의 로드인 샤크가 무방비한 상태로 잠들어 있는 모습을 보자 문득 그를 급습해 죽이고 싶은 충동이 들지 않을 수 없었다.

비록 샤크가 그들이 대적할 수 없던 강적 이로악을 쓰러뜨린 강자였지만, 이로악의 사체를 먹음으로 인해 그들 역시 전에 비할 수 없이 강해진 터였다. 따라서 지금이라면 한번 해볼 만하다는 생각이 들지 않을 수 없었다.

더구나 지금은 아무라도 가서 그의 목을 비틀기만 하면 될 정도로 무방비한 상태가 아닌가? 모두들 군침을 삼키는 순간, 그중 가장 성질이 급한 녀석이 불쑥 달려갔다.
 '큭! 크르르! 놈의 사체는 나의 것이다.'
 샤크의 사체를 먹을 수만 있다면 카치카들 중 가장 강한 힘을 얻어 우두머리가 될 것이란 생각에 고무된 그는 결심을 굳힌 순간 마치 바람처럼 달려가 샤크의 목을 비틀었다.
 "꾸아아아악!"
 처참한 단말마가 울렸다. 물론 그 비명은 샤크가 아니라 그를 습격한 카치카로부터 흘러나온 것이었다.
 "어리석은 선택을 했군. 배신의 대가는 죽음뿐이라 했거늘."
 그야말로 소름 끼치도록 싸늘한 음성과 함께 샤크를 습격했던 카치카의 양팔이 몸체에서 분리되었다. 거기서 끝이 아니었다.
 스킥! 우지직!
 카치카의 목이 떨어져 나가고, 그의 몸체가 생선처럼 토막 나 바닥으로 널브러졌다.
 망설임 없이 단숨에 카치카를 해치운 샤크는 양손을 모두 날카로운 수검으로 변형시킨 채 나머지 카치카들을 싸늘히 노려봤다.
 "쿠으으으!"
 "쿠, 쿠으윽!"

카치카들은 마치 기다렸다는 듯 샤크가 배신자를 죽여 버리는 모습에 깜짝 놀랐다. 몸을 부르르 떨며 뒷걸음질 치는 그들을 향해 샤크가 싸늘히 물었다.

"너희들도 나를 배신할 생각이었겠지?"

카치카들은 무슨 소리냐는 듯 잽싸게 납작 엎드리며 외쳤다.

"크르! 저, 절대 그렇지 않습니다."

"크르르! 처, 처음부터 배신할 생각은 전혀 없었습니다."

그들은 최대한 충성스러운 표정을 지어 보였다. 그런데 그 순간, 샤크가 코웃음 치더니 다짜고짜 달려와 그들을 후려 패기 시작했다.

"그렇다면 좀 맞아야겠다. 너희들이 무엇을 잘못했는지 맞으면서 생각을 해보아라."

퍽! 퍼퍼퍼퍽-!

"쿠억!"

"꾸어어억!"

날카로운 수검 형상이었던 샤크의 양손이 딱딱한 봉의 형태로 변했고, 그것들이 카치카들의 머리와 몸통, 사지를 향해 그야말로 무자비하게 날아들었다.

휘휘휙! 퍼퍼퍼퍼퍽-

대체 왜 맞아야 하는 걸까? 분명 배신을 하지 않는다고 말했는데도 무차별 구타라니. 카치카들은 억울한 표정을 지었지만 샤크는 오히려 더욱 괘씸하다는 듯 더 빨리 양팔을 휘둘렀다.

"아직도 너희 잘못을 깨닫지 못하는군."

"쿠아악! 사, 살려…… 캑!"

"크어! 자, 잘못했…… 쿠억!"

이미 기선이 제압된 터라 카치카들은 감히 저항한다는 것은 꿈도 꾸지 못했다. 그저 어떻게 하면 좀 덜 맞을 수 있을까 생각하며 달아나기 바빴다.

그러나 샤크의 두 팔은 마치 그들의 이동 경로를 모조리 파악하고 있는 것처럼 집요하게 따라붙었다.

그러한 무시무시한 구타는 카치카들이 모두 초죽음이 된 채로 바닥에 널브러진 후에야 그쳤다.

곧바로 샤크가 험악하기 그지없는 표정으로 물었다.

"너희들이 왜 맞았는지 알고 있느냐?"

"……."

묵묵부답이다. 모두들 눈치만 볼 뿐 입을 열지 못했다. 섣불리 잘못 대답했다가 무슨 끔찍한 꼴을 당할까 두려워서였다. 그러자 샤크는 카치카를 하나씩 지목하며 물었다.

"너부터 말해 봐라. 네가 왜 맞았다고 생각하느냐?"

"크르! 자, 잘 모르…… 캑! 쿠억! 끄어어억!"

잘 모르겠다고 대답한 카치카의 안면으로 샤크의 주먹이 날아들었다. 그사이 그의 양손은 무기가 아닌 본래의 형태로 돌아왔다. 그러나 그렇다고 해서 위력이 떨어진 것은 아니었다. 주먹을 말아 쥔 그의 양손에서 발하는 괴력은 바위라도 가볍게 깨부술 정도였으니까.

그렇게 하나의 카치카가 떡이 되어 널브러졌고, 샤크는 계속해서 다른 카치카에게 물었다.

"네가 말해 봐라. 대체 왜 맞았다고 생각하느냐?"

"쿠르! 자, 잘못해서 맞았습니다."

샤크의 입가에 싸늘한 미소가 맺혔다.

"그래, 잘못한 건 아는군. 그럼 구체적으로 어떤 잘못을 했는지 말해 보아라."

"그, 그건 잘 모르…… 케엑! 컥! 사, 살려…… 쿠어억!"

곧바로 카치카의 안면과 복부에 샤크의 정권이 무자비하게 날아가 꽂혔다. 카치카는 그대로 기절했다.

샤크는 다른 카치카를 향해 물었다.

"뭘 잘못했는지 모른다는 건 실은 잘못했다고 생각하지 않는다는 것과 마찬가지다. 내겐 억울하게 맞았다며 날 원망하는 소리로만 들릴 뿐이지."

"쿠르! 그, 그렇습니다, 로드."

"그럼 네가 말해 봐. 넌 무엇을 잘못해서 내게 맞았느냐?"

"그, 그게……."

카치카는 덜덜 떨었다. 그는 대체 자신이 무슨 잘못을 했는지 떠올리기 위해 안간힘을 썼다. 그러나 아무리 생각해도 알 수가 없었다. 결국 그를 향해서도 샤크의 주먹이 날아들었다.

퍽! 퍼퍼퍽-!

"다음! 네가 말해 봐라."

"……."

"그럼 너는?"

"……."

"너는 알고 있겠지?"

"……."

결국 샤크의 구타는 20여 마리의 카치카들이 모조리 기절할 때까지 계속되었다. 그들 중 아무도 샤크가 원하는 대답을 하지 못했기 때문이다.

그런데 마지막 카치카가 쓰러지자 첫 번째로 기절했던 카치카가 인상을 쓰며 깨어났다. 그가 어찌 알겠는가? 샤크가 아주 교묘하게 힘을 조절해 이때쯤 깨어나게 했음을 말이다.

"깨어났군. 그럼 다시 시작해 볼까?"

"······!"

카치카는 치를 떨었다. 차라리 죽고 싶을 정도로 끔찍한 고문이 다시 시작될 줄이야. 그는 진정으로 샤크가 두려웠다. 설사 마왕이라 해도 이토록 두렵지는 않을 것이다.

그렇게 다시 시작된 샤크의 구타는 카치카들이 줄줄이 기절했다 깨어나는 대로 무한 반복될 기세였다. 카치카들은 영문도 모른 채 계속 맞았다. 급기야 이러다 죽을 것 같다는 생각에 누군가 불쑥 외친 대답.

"쿠르! 배, 배신을 모, 모른 척 지켜본 것이 잘못이었습니다."

그 순간 샤크의 구타가 뚝 그쳤다. 그는 비로소 고개를 끄덕이며 말했다.

"이제야 알았느냐? 바로 그것이다. 네놈들은 누군가 나를 배신하는 것을 알고 있었으면서도 나를 깨우지 않고 그것을 지켜봤다. 그것은 비록 네놈들이 배신에 가담하지 않았다 해도 배신을 한 것이나 마찬가지야. 맞아 죽어도 할 말이 없다는 말이지."

샤크의 두 눈에서 붉은 안광이 번뜩였다.

"딱 한 번뿐이다. 이번 한 번은 이 정도로 가볍게 넘어간다. 그러나 이후로 또다시 이와 같은 일이 벌어지면 그때는 내게 그 어떤 자비도 바라지 않는 게 좋을 것이다. 알아들었느냐?"

"쿠르! 아, 알겠습니다, 로드."

"쿠르르! 배, 배신자가 있으면 반드시 알려 주겠습니다."

카치카들은 눈물까지 글썽이며 다짐, 또 다짐했다. 이후로 그 누구든 로드를 배신하겠다고 하는 놈이 있으면 로드에게 일러바치기 전에 자신들이 먼저 놈을 죽여 버리겠다고.

한 놈이 배신하면 모두가 죽는다. 그 누구라도 배신은 용서 못 한다. 살길은 오로지 충성뿐이다. 이와 같은 생각들이 카치카들의 마음속 깊숙이 새겨지는 순간이었다.

카치카.

이 마물들은 보통 하급 마물로 태어나 다른 마물들의 먹잇감이 되어 죽는 것이 일반적인데, 드물게 살아남아 집단을 이루게 되면 상당히 강력한 능력을 발휘하게 된다.

이는 그들이 비교적 협동심이 강하고 또 지능이 낮지 않기 때문이기도 하지만, 무엇보다 웬만한 주술이나 마법이 거의 통하지 않는 특별한 저항 능력을 가지고 있기 때문이다.

따라서 카치카들을 제압하려면 마법이나 주술이 아닌 물리적인 공격으로 직접 타격을 주어야 하는데, 이들이 집단을 이루게 되면 어지간한 상급 마물이라 해도 쉽사리 상대하기 힘들다 했다.

대충 이 정도가 전달자 노인에게 들어 알고 있던 카치카에 대한 상식이었다. 어쩌다 보니 그는 무려 21마리나 되는 카치카들을 부하로 얻었다. 그것도 상급 마물 이로악의 육신을 뜯어 먹은 카치카들은 모두 중급 마물 수준의 성체로 성장한 상태였다.

환야에서 하급 마물이 상급 마물의 육신을 먹는 경우는 사실상 거의 발생하기 힘들다 했는데, 카치카들에게는 그야말로 엄청난 행운이 주어진 것이라 할 수 있었다. 이는 물론 그들이 샤크의 부하가 되면서 주어진 것이었다.

그러나 카치카들은 샤크에게 고마워하기는커녕 즉각 그를 배신할 만큼 가증스러운 존재였다. 물론 그러한 가증스러움은 카치카뿐 아니라 거의 모든 마물들이 가지고 있는 악의 속성이겠지만 말이다.

사실 중급 마물이 된 카치카 부하들이 작정을 하고 덤빈다면 현재 샤크의 힘으로 그들을 해치우기란 쉽지 않을 것이다. 20여 마리나 되는 중급 마물 카치카들 정도면 웬만한 상급 마물 정도는 어렵지 않게 사냥할 수 있을 테니까.

설령 지금은 잠잠하다 해도 결국 언제고 그들은 샤크를 향해 날카로운 이빨과 발톱을 드러낼 것이 분명할 터, 그러한 불상사가 벌어지는 일을 미연에 방지하기 위해 감히 배신은 꿈도 꾸지 못하도록 만들어야 했다.

따라서 샤크는 짐짓 자는 척 연기하며 카치카들의 의중을 시험했다. 과연 그의 예상대로 카치카 중 하나가 그를 급습했다. 샤크는 그 즉시 놈을 잔인하게 해치운 후 다른 카치카들에게 배신의 대가가 얼마나 혹독한 것인지에 대한 끔찍한 정신교육을 시켰다.

물론 그 정신교육이란 아주 단순한 방법이었다.

구타(毆打).

그가 전생에 가졌던 수많은 재주 중에서 가히 백미에 속했던 정신교육법. 마교주 위지상도 학을 떼었던 무자비한 구타술. 무림에서 그를 광협이라 불렀던 것도 모두 그의 무지막지한 구타에서 비롯되었다.

물론 그러한 그의 과격한 방식은 많은 이들의 반발을 사 결국 배신을 초래하긴 했지만, 그것은 그의 방식이 잘못되었다기보다는 애초에 무슨 수를 써도 사람이 되지 못할 종자들이 있었기 때문이다.

지금 생각해 보면 위지상이나 이수룡 같은 마도와 사파의 거두들을 미리 제거해 버렸다면 무림의 고수들이 결집해 그를 공격하는 불행한 사태가 벌어지진 않았을 것이 분명했다. 대부분 불만을 갖고 있더라도 속으로만 갖고 있을 뿐이지 감히 그것을 표출할 생각은 하지 못했을 테니까.

따라서 샤크는 앞으로 부하들을 거두면서 자신에게 칼을 들이밀 만한 반골(反骨)은 살려 둘 생각이 없었다. 전생의 그는 협의라는 명분 아래 아무리 사악한 마두라 해도 죽이기보다는 참회시키겠다는 이상적인 마음에 불타고 있었던 것이 문제였다.

그러나 이제 그따위 어리석은 짓은 하지 않을 것이다. 그 스스로 협의 따위에 집착할 생각도, 다른 이들을 참회시켜 협의를 추구하게 할 생각도 없으니까.

그가 카치카들을 복종시킨 건 오직 생존을 위해서였다. 약육강식 적자생존의 법칙이 지배하는 환야, 그중에서 가장 살벌한 마물의 숲에서 그가 생존하기 위해서는 부득이한 과정이었을 뿐이다.

상급 마물 따위를 눈 감고도 한 수에 해치울 정도로 그에게 무극지기가 쌓이려면 전생의 시간으로 따져 봤을 때 적어도 1년 정도의 기간이 필요하다. 카치카들은 그 기간 동안 그가 생존하는 데 큰 도움이 되어 줄 것이다.

그러나 이 마물 숲에는 또 어떤 끔찍한 마물들이 존재하는지 알 수 없다. 이런 상황에서 생존 확률을 높이려면 21마리의 카치카 부하들만으로는 부족한 감이 있었다. 그렇다고 무턱대고 동굴 바깥으로 나가는 것은 더 위험한 일.

'그렇지. 저 녀석들을 훈련시키는 게 좋겠군.'

샤크는 괴력과 민첩한 반사 신경을 가진 카치카들을 훈련시켜 마물들과의 전투에 대비하기로 했다. 현재 중급 마물로서 체내에 적지 않은 마기를 지닌 카치카들은 일단 마공(魔功)을 익히기엔 천부적인 신체라 할 수 있었다.

'어떤 것이 좋을까?'

전생의 그는 무림에 존재하는 거의 모든 무공을 섭렵한 터였다. 마교와 사황천의 마공들도 예외가 아니었다.

혈왕마겁수(血王魔劫手).

이는 괴력에 유달리 긴 팔을 가진 카치카들에게 딱 적당한 무공이었다. 마교 십대 마공 중의 하나인 터라 상당히 난해한 부분이 존재하지만, 카치카들은 마기의 운용이 자유로운 마물들이다 보니 의외로 쉽게 수련이 가능할 수도 있었다.

물론 샤크가 아무리 기를 쓰고 지도한다 해도 카치카들이 혈왕마겁수를 오 성(五成) 이상 성취하기란 거의 불가능할지도 모른다. 그렇다 해도 시도해 볼 만한 가치는 있었다.

'오 성까지는 바라지도 않는다. 단 일 성(一成)의 성취만 이루어도 충분해.'

혈왕마겁수가 달리 마교 십대 마공이었겠는가. 불과 일

성의 성취만 이루어도 카치카 셋 정도가 모이면 상급 마물 하나를 상대할 만한 능력을 가지게 될 것이다.

 물론 그것은 현재 카치카들의 마기와 전투력을 토대로 생각해 본 것이다. 장차 상급 마물들을 계속 사냥해 카치카들에게 먹인다면 카치카들은 모두 상급 마물이 될 것이고, 그 상태에서 혈왕마겁수의 위력은 더욱 증대될 것이다.

 샤크는 곧바로 카치카들을 불러 모아 혈왕마겁수를 전수했다. 복잡한 무공 이론 따위는 무시했다.

 오로지 강도 높은 반복 수련!

 그것은 태생적으로 마기의 운용이 자유로운 마물들이라 가능한 수련법이었다. 또한 그들은 인간의 육체로는 견디기 힘든 가혹한 수련도 충분히 감당할 수 있었다.

 "쿠르르!"

 "쿠어어어!"

 카치카들은 샤크가 난데없이 기괴한 동작을 반복 수련시키자 놀랐지만 그 어떤 토도 달지 않고 순순히 따라 했다.

 "쿠르! 이게 대체 뭐냐?"

 "쿠르르! 이유는 모른다. 로드가 시키니까 해야 한다."

 "쿠르! 맞다. 열심히 하지 않는 놈은 배신자나 다름없다. 쿠르르르!"

 카치카들은 혹시라도 게으름 피우는 녀석이 있는지 그들

스스로 감시하며 수련에 박차를 가했다.

샤크는 흡족한 미소를 지으며 외쳤다.

"좋은 자세들이로군. 계속해서 동작을 반복해라."

그런데 이런 식의 무식한 반복 수련이 과연 효과가 있을까? 그야 물론이다. 안 되면 될 때까지 시키는 무자비한 자가 존재하는 한 불가능이란 없었다.

그렇게 카치카들이 마공 수련에 몰두하고 있을 동안 샤크는 틈틈이 자신의 무공을 돌아봤다. 그로서는 사실 특별한 무공을 떠올려 수련할 필요는 없었다.

만일 인간의 육신이라면 카치카들처럼 무한 반복 수련을 통해 각각의 무공 초식들이 몸에 익숙해지도록 하는 것이 옳겠지만, 지금 그의 육신은 소마왕의 특별한 신체였다. 특히 환골탈태를 수차례 거친 것보다 더욱 완벽한 무골인 만상무극지체가 아닌가?

즉, 특별한 수련이 없어도 그는 무극지기가 허용하는 한 어떤 무공이든 펼쳐 낼 수 있는 상태인 것이다. 앞으로 시간이 지나 무극지기가 많이 쌓이면 그는 전생에서 무림을 경동시켰던 절세의 초식들도 즉각 펼쳐 낼 수 있으리라.

그러나 그 어떤 무공도 무극지기가 바탕이 되지 않으면 제 위력을 발휘하기 힘들다. 만상무극심법의 특성상 그가 특별한 신경을 쓰지 않아도 무극지기는 저절로 쌓이지만,

그보다 몇 배 이상 빠르게 무극지기가 쌓일 수 있는 방법이 있긴 했다.

그것은 다름 아닌 치열한 실전을 통한 방법!

이는 몸의 잠재력을 격발시키는 것과 유사한 방법으로, 최대한 치열한 격전을 치르면 치를수록 만상무극지체는 생존을 위해 무극지기를 더욱 빠르게 흡수하게 되는 것이다.

전생에 백룡이 무림에 출도한 이후 대략 삼 년 동안 매일 싸움을 거르지 않고 미친 듯이 했던 이유도 바로 그것에 있었다.

물론 부작용이 있다면 그만큼 위험한 방법이라는 것!

자신이 감당할 수 없는 상대와 싸우다 죽기라도 한다면 끝장이기 때문이다. 물론 패배한다 해도 죽지만 않는다면 만상무극지체의 특성상 모든 부상과 상처가 회복되니 문제 될 게 없지만, 도주가 불가능할 만큼 강한 상대를 만나면 그럴 기회조차 주어지지 않는다.

그러한 위험이 있으니 지금 당장은 무리였다. 유사시 그 어떤 감당할 수 없는 마물을 만나도 도주는 가능할 수 있을 정도의 실력을 갖추는 게 우선일 것이다.

'웬만큼 무극지기가 쌓인 후에야 마물 사냥에 나서는 게 좋겠지.'

이럴 때는 카치카 부하들이 있다는 것이 큰 힘이 되었다.

만일 샤크 혼자 있었다면 인근의 마물들이 수시로 이곳 동굴로 쳐들어와 샤크를 잡아먹으려 했을 테니까.

그러나 중급 마물인 카치카가 21마리나 득실대고 있는 이곳 동굴로 기세 좋게 들이닥칠 만한 배짱 좋은 마물들은 인근에 없었다. 본래 이곳 동굴 인근에서 가장 강했던 마물이 샤크에게 죽임을 당한 이로악이었으니 말이다.

물론 그렇다고 안심할 수는 없었다. 이곳 마물 숲은 매우 넓기에 이로악 못지않거나 그보다 강한 마물들이 수없이 존재할 것이다. 혹시라도 그것들 중 하나가 숲을 활보하다 이곳 동굴을 발견하면 즉각 군침을 삼키며 달려들 것은 뻔한 일이었다.

'실전이라? 그렇지, 저놈들을 활용하면 되겠구나.'

샤크는 한쪽에서 땀을 흘리며 혈왕마겹수의 수련에 몰두하고 있는 카치카들을 보며 의미심장한 미소를 지었다. 곧바로 그는 그들 중 셋을 불러 말했다.

"그동안 너희들이 제대로 훈련을 했는지 시험해 봐야겠다. 전력을 다해 나를 공격해 봐라."

"쿠르!"

카치카들은 흠칫 놀라는 표정이었지만 이내 고개를 끄덕였다. 그들의 양손이 여러 개의 그림자를 만들며 샤크를 향해 쇄도했다.

쉭! 쉬쉬쉭-!

아직 일 성의 경지에도 이르지 못한 엉성한 실력이었지만 괴력에 마기까지 잔뜩 실려 있는 카치카들의 공세는 제법 강맹했다.

"동작들이 너무 느리군. 그러다 보니 빈틈이 너무 많다."

샤크는 카치카들의 빈틈에 사정없이 주먹을 쑤셔 넣었다.

퍽! 퍼퍽!

"쿠어억!"

"캑!"

맥없이 널브러지는 카치카들을 향해 샤크의 싸늘한 음성이 다시 이어졌다.

"엄살떨지 말고 일어나라! 너희들 중 나를 단 한 대라도 치는 놈에게는 큰 상을 주겠다. 맛 좋은 상급 마물을 먹고 싶지 않으냐?"

"쿠, 쿠르르!"

카치카들은 벌떡 일어났다. 맛 좋은 상급 마물을 먹잇감으로 준다는 말에 죽을힘을 다해 샤크를 공격했다. 그 순간부터 그들의 공격은 더욱 거세졌고, 샤크 역시 긴장한 표정으로 대련에 임했다.

'단 한 대도 허용할 수 없다.'

샤크는 대련임에도 실전과 같은 자세로 임했다. 대련에서는 한 대 얻어맞는다고 죽는 일은 벌어지지 않지만, 실전에서는 그 한 대가 생명과 연결될 수도 있는 것이다.

샤크는 전력을 다해 움직였다. 생사의 결투라는 생각을 하자 전신에 팽팽한 긴장감이 일었다. 바로 이 긴장감이 느껴질 때 만상무극지체의 잠재력이 격발하게 된다. 보통보다 가히 세 배 이상의 무극지기가 체내에 쌓이기 시작했다.

"쿠르르!"

"쿠르!"

카치카들이 기를 쓰고 팔을 휘둘렀지만 그들 중 누구도 샤크를 향해 공격을 성공시키지는 못했다. 샤크는 전력을 다해 카치카들의 공격을 방어했고, 또 사정없이 반격을 가했다. 그러다 보니 카치카들은 결국 기진맥진하여 쓰러져 버렸다.

"다음은 너희 넷! 나를 한 대라도 때리면 상을 주겠다."

"쿠르르르!"

카치카들은 기다렸다는 듯 달려들었다. 그러나 그들 역시 앞의 카치카들과 마찬가지로 결국 기진맥진한 상태로 쓰러지고 말았다.

"다음은 거기 다섯!"

샤크는 계속해서 카치카들의 숫자를 늘렸다. 그러다 카치카들이 모두 쓰러진 후에는 그 역시 가부좌를 틀고 앉아 휴식을 취하며 카치카들이 깨어나길 기다렸다.

다행히 카치카들은 금세 체력을 회복했다. 그들 특유의 강인한 체력 덕분이기도 하지만, 엄청난 보양식이라 할 수 있는 마물 이로악의 사체를 뜯어 먹은 덕분이었다.

샤크는 곧바로 다시 대련 수련을 반복했고, 그것은 그가 21마리의 카치카들과 동시에 대련을 벌여 가볍게 그들을 쓰러뜨릴 때까지 계속되었다.

그 후로 샤크는 더 이상 카치카들과의 대련에서 긴장감을 느끼지 못했다.

흥미로운 사실은, 그러한 혹독한 대련 수련을 하는 사이 카치카들의 실력도 일취월장했다는 것.

쉭! 쉬익!

동굴을 누비는 붉은빛 수영(手影)들! 그것은 카치카들의 혈왕마겁수가 일 성의 경지에 이르렀음을 의미했다.

이제 카치카 셋이 모이면 웬만한 상급 마물은 능히 대적할 만했다. 중급 마물의 마기가 깃든 혈왕마겁수에 적중당하면 철갑과 같은 가죽을 가진 상급 마물들이라도 진저리를 치게 될 것이다.

'후후, 마교 십대 마공 중 하나인 혈왕마겁수를 마물들

이 펼치는 모습을 보면 위지상이 어떤 표정을 지을지 궁금하구나.'

 마교 십대 마공은 마교도들 중에서도 오직 선택받은 극소수의 인물들에게만 수련이 허락된 절세의 무공이 아니었던가. 특히나 혈왕마겁수는 그 열 개의 마공 중에서도 다섯 손가락 안에 드는 강맹한 위력을 가진 터였다.

 그러한 절세 마공을 마물들이 익히고 있으니 마교주 위지상이나 마교도들이 이 사실을 알면 기가 막혀 죽을 일이었다. 그 생각을 하자 샤크는 왠지 통쾌했다.

 '마공은 마공답게 마물들에게나 어울리는 무공이지.'

 그는 앞으로 다른 마물 부하들이 생기면 마교 십대 마공 중 다른 것들도 전수해 보기로 했다. 그뿐만 아니라 사황천 칠대 사공(邪功)도 마물들에게는 썩 잘 어울리는 무공들일 것이다.

 우걱우걱! 냠냠!

 으직! 짭짭짭!

 한편, 그때 카치카들은 한창 식사 중이었다. 마물들은 인간들처럼 자주 먹지는 않아도 되지만, 그래도 주기적으로 뭔가를 먹어야 체력을 유지하는 것은 비슷했다.

 그들은 이따금씩 샤크의 허락을 받은 후 동굴 바깥으로 나가 먹을거리를 구해 왔다. 잡식성이라 각종 버섯이나 열매, 심지어 나무나 식물의 줄기도 먹어 치웠지만, 간혹 알 수 없는 큼직한 곤충들을 잔뜩 잡아 오기도 했다.

지금도 그들은 전갈 형상의 곤충 수백 마리를 잡아다 푸짐한 식사를 즐기는 중이었다. 그것은 물론 곤충이라기보다는 마물이나 몬스터에 가까운 것들이었지만 샤크에게도 체력을 보충할 수 있는 훌륭한 식사거리였다.

예의 바르게도 카치키들은 샤크의 앞에 꾸물거리는 곤충들을 10여 마리나 가져다 놓았다. 물론 그러한 예의는 애초부터 그들에게 존재한 것이 아니라 샤크의 반복적인 정신교육을 통해 체득된 것이지만 말이다.

으적!

샤크는 잠시 차갑게 곤충들을 노려보다 그것들 중 하나를 집어 들고 입에 넣어 씹었다. 인간의 자아를 가진 그에게는 혐오스러운 일이었지만 이곳은 마물 숲이다. 인간의 음식을 찾아 먹을 만큼 평화로운 곳이 아닌 것이다.

으적으적! 짭짭!

생존을 위해서 체력 보충은 필수다. 체력이 떨어지면 무극지기도 빠르게 소진되고, 그것은 곧 죽음으로 연결될 것이다. 인간이나 인간의 영혼과 같은 것을 제외한다면 그 어떤 것이든 먹을 수 있어야 했다.

한 가지 다행한 점은, 샤크가 소마왕의 육신을 가지고 있다 보니 그의 미각(味覺)도 마찬가지라는 것! 눈으로는 혐오스러운 곤충 마물이었지만 입에 넣어 씹으니 맛이 그리 나쁘지는 않았다.

아니, 사실 나쁘지 않은 정도가 아니라 다디달았다. 마치 맛 좋은 과자를 먹는 것처럼 말이다.

'대체 왜 이렇게 맛있는 거냐?'

어느새 10여 마리의 곤충 마물을 먹어 치운 포식자 샤크는 입맛을 다시면서 왠지 자괴감이 들기도 했다. 자신이 곤충 마물을 이토록 맛있게 먹었다는 사실이 그리 유쾌하지는 않았다.

하지만 익숙해져야 하리라. 어쨌든 먹고는 살아야 할 것 아닌가? 정신은 인간이지만 육신은 소마왕인 것을 어쩌겠는가? 따라서 곤충 마물을 맛있게 먹었다고 스스로 자괴감을 느낄 필요는 없으리라.

'쩝!'

샤크는 혹시 더 없나 싶어 카치카들 쪽을 쳐다봤지만 이미 그들도 모조리 먹어 치운 후 아쉬운 표정을 짓고 있었다. 눈치를 보니 그들은 다시금 나가서 간식을 잔뜩 잡아올 기세였다. 샤크는 이내 안색을 굳혔다.

"적당히 먹었으면 다시 수련을 하도록 하겠다."

마물들의 식탐은 끝이 없다. 카치카들을 이대로 내버려

두면 수련 따위는 내팽개치고 먹을거리만 찾아 마물 숲을 누빌 것이다.

샤크의 엄한 명령이 떨어지자 카치카들은 황급히 일어나 수련 자세를 취했다.

"혈왕마겁수에 이어 너희가 새로 배울 것은 칠마진이라는 것이다. 일곱이 진을 이루어 연합 공격을 하는 것으로, 강적을 만났을 때 아주 유용한 합격진이다."

무식한 마물들에게 진법을 가르친다는 것은 무공을 전수하는 것보다 더욱 어려운 일이었다.

'이 녀석들에게 건곤칠성진(乾坤七星陣)이나 환우칠괴진(寰宇七怪陣)과 같은 신묘한 변화가 깃든 절세의 합격진을 수련시킨다는 것은 무리일 터.'

따라서 칠마진(七魔陣)이라는 진법은 마물들의 성격에 맞게 샤크가 창안한 아주 간단한 연수합격진이었다. 무한 반복 수련시키다 보면 상당한 위력을 발휘할 수 있을 것이다.

물론 아주 간단하다는 그 기준은 샤크의 관점일 뿐, 실제로는 절대 만만치 않은 진법이었다. 특히 카치카들에게는.

그러나 샤크는 될 때까지 무한 반복시키겠다는 의지에 불탔다. 그로 인해 카치카들은 다시금 혹독한 수련에 돌입해야만 했다. 곧바로 21마리의 카치카들이 7마리씩 3개 조로 편성되었다.

"쿠룬, 카벤, 고트! 너희들이 조장이다."

같은 인간이라도 자질에 따라 무공 진전에 차이를 보이듯 카치카들도 마찬가지였다. 같은 수련을 했어도 21마리의 카치카들 중 유독 강한 녀석들이 셋 있었다.

쿠룬, 카벤, 고트가 바로 그들이었다. 샤크는 그 셋을 각 조의 조장으로 임명한 후 엄포를 놓았다.

"칠마진은 일곱이 동시에 호흡을 맞춰 움직여야 한다. 단 한 놈이라도 틀릴 경우 그 조에 있는 놈들은 모조리 나와 일대일 대련을 하게 될 것이다. 특히 조장들은 각오해라."

샤크는 바닥에 이동 경로를 그려 준 후 반복 수련을 시켰다. 카치카들은 대체 왜 그렇게 움직여야 하는지 이해하지 못했지만 아무런 의문도 표하지 않았다.

까라면 까야 한다. 이유는 없다. 로드의 명령이라면 무조건 해야 한다는 단순하고도 절대적인 복종심이 그들을 지배했다.

그뿐이 아니었다. 한 놈이라도 틀릴 경우 조 전체가 벌을 받는다는 무서운 협박은 그들을 팽팽한 긴장감으로 몰아갔다. 특히 조장들의 눈빛은 험악하기 그지없었다.

'쿠르르! 틀린 놈은 내 손에 먼저 뒈진다.'

'쿠르! 눈알을 뽑아 버릴 테다.'

그러다 보니 의외로 합격진의 수련은 진전이 빨랐다.

획- 휘익! 휘휘획-!

스스스슷-!

얼마 지나지 않아 카치카들은 눈을 감고도 칠마진을 펼칠 수 있을 정도가 되었다. 혈왕마겁수를 연성한 마물들이 펼치는 칠마진의 위력! 그것은 샤크라 해도 감히 얕잡아 볼 수 없었다.

덕분에 샤크는 다시 긴장감을 느끼며 수련에 임할 수 있었다. 칠마진을 펼치는 카치카 7마리의 전투력이 그냥 무작위로 덤벼드는 21마리의 카치카들보다 몇 배는 강했다.

"제1조부터 덤벼라! 나를 쓰러뜨리면 상을 주도록 하지."

1조의 조장인 쿠룬이 고개를 끄덕이고는 조원들에게 외쳤다.

"제1조, 칠마진을 펼쳐라!"

"쿠르르르!"

스스스- 파파파팟!

검은 구름이 시야를 가림과 동시에 붉은빛에 휩싸인 수영들이 정신없이 날아들었다. 샤크는 잽싸게 움직이며 그것들을 피했지만 칠마진이 형성한 강력한 압력에 의해 피부가 쩍쩍 갈라졌다.

'흐! 좋아. 제법 쓸 만한 위력이군.'

 살점이 터지고 피가 흘러내렸지만 샤크의 입가에는 오히려 미소가 맺혔다. 이 정도의 긴장감이 느껴져야 무극지기의 흡수가 빨라지기 때문이다.

 샤크는 전력을 다해 칠마진과 맞서 싸웠고, 그의 수련은 3개의 칠마진을 동시에 상대해 가볍게 격파할 때까지 이어졌다. 그사이 그의 무극지기는 급증했고, 그만큼 그는 강해졌다.

 긴장감이 시들해지자 무극지기의 흡수량이 평소로 돌아왔다. 샤크는 카치카들에게 좀 더 강력한 합격진을 수련시키려다가 문득 고개를 흔들었다.

 물론 시간을 아주 많이 두고 반복 수련시킨다면 카치카들이 칠마진보다 난해한 합격진도 펼칠 수 있게 될 것이다. 그러나 그보다 더 쉽게 카치카들을 강하게 만들 방법이 있지 않은가.

 '카치카들의 마기를 늘린다. 저 녀석들이 모두 상급 마물이 되면 혈왕마겹수와 칠마진의 위력도 자연히 상승할 테니까.'

 곧바로 그는 카치카들을 이끌고 마물 숲의 상급 마물들을 찾아 나섰다. 만일 상급 마물들이 한데 모여 있고 그것들이 연합해서 움직인다면 상당한 낭패를 겪었겠지만 대부분의 상급 마물들은 각자의 영역을 가지고 따로 활동하는 터라 사냥은 매우 간단했다.

그러다 보니 샤크가 나설 것도 없이 카치카 서넛만 나서면 상급 마물을 가볍게 때려잡았다. 샤크는 그 사체들을 카치카들에게 먹였고, 카치카들의 마기는 급증했다.

그러나 상급 마물 몇 마리를 잡아먹었다고 카치카들이 그 즉시 상급 마물로 성장하지는 못했다. 하급에서 중급으로 성장하는 것은 비교적 쉬운 일이지만, 중급에서 상급으로 올라서는 것은 그에 비할 수 없이 많은 마기가 필요하기 때문이었다.

그래도 어차피 시간문제일 뿐. 샤크의 지휘 아래 카치카들은 꾸준히 마물들을 사냥하며 마기를 쌓았다.

한참의 시간이 흘렀을까? 인간의 시간으로 치면 대략 몇 년의 세월은 훌쩍 지났을 듯했다. 어느덧 21마리의 카치카들이 모두 상급 마물로 성장했는데, 그들의 신장은 전부 3로빗이나 되었다.

놀랍게도 늘어난 마기로 인해 카치카들의 혈왕마겁수는 무려 삼 성(三成)의 경지로 올라섰다. 당연히 그들이 펼치는 칠마진의 위력은 전에 비할 바가 아니었고, 샤크를 긴장하게 만들기 충분했다.

곧바로 샤크는 카치카들과 치열한 대련을 벌였다. 그러

한 수련은 그가 3개의 칠마진을 동시에 상대해 가볍게 격파할 때까지 이어졌다.

사실 대부분의 마물들에게 있어 수련은 매우 생소한 개념이었다. 다시 말해, 아주 극소수의 마물들을 제외하고 뭔가를 수련한다는 것은 생각도 하지 못했다.
 그 이유는 대부분의 마물들이 누군가에게 배우지 않아도 각자에게 주어진 특별한 능력을 저절로 각성하기 때문이다. 마치 거미가 나면서부터 거미줄을 치듯, 마물들은 저절로 주술이나 혹은 마법을 펼칠 수 있었다.
 물론 카치카들처럼 마법이나 주술 능력이 전혀 없는 마물들도 꽤 많지만, 그런 경우에는 그 못지않은 괴력이나 저항 능력 등이 주어지는 식이었다.

그러다 보니 대부분의 마물들은 각자가 가진 특수한 능력을 활용해 다른 종의 마물들을 끊임없이 잡아먹어 자신의 마기를 증폭시키는 데 여념이 없었다. 그로 인해 마물 숲 도처에선 강한 마물이 약한 마물을 잡아먹는 일이 끊이지 않았다.

그러나 어디서나 그렇듯 이러한 약육강식의 세계에서는 강자들을 중심으로 나름의 질서가 만들어지게 된다. 특히 서로 잡아먹을 수 없는 동종이나 유사 종의 마물들의 경우, 그중 강한 마물의 밑으로 들어가 안전을 도모하는 일이 아주 흔했다.

그리고 자연스레 상급 마물들이 그 질서들의 중심에 위치했다. 그들은 숲에서 자신들만의 영역을 구축하여 다른 상급 마물들과 전쟁을 벌였다.

그러한 전쟁은 끝없이 반복되지만 그러다 마기를 담는 그릇이라 할 수 있는 힘의 근원이 더 이상 마기를 수용할 수 없을 정도로 꽉 차게 되면 그치게 된다. 그때부터는 아무리 다른 마물들을 먹는다 해도 마기가 늘어나지 않기 때문이다.

이렇게 각자의 한계에 도달한 상급 마물들을 일컬어 최상급(最上級) 마물이라고 하는데, 그들은 자신만의 은신처에 처박혀 좀처럼 움직이지 않는다 했다.

간혹 허기를 채우기 위해 은신처를 나와 다른 마물들을 잡아먹기도 한다 했지만 대부분 각각의 은신처에 똬리를 튼 채 사악한 짓을 하기 일쑤였다. 그것은 다름 아닌 인간이나 혹은 선량한 이종족들을 괴롭히고 그들의 영혼을 갈취하는 것이었다.

영혼 갈취!

모든 마물들은 태생적으로 환야에 속한 수많은 소세계에 살고 있는 인간들의 꿈이나 무의식에 침투할 수 있는 능력을 가진다. 그들은 악몽이나 무의식의 장악을 통해 끊임없이 인간들을 괴롭히는데, 궁극적으로는 영혼 갈취가 목적이었다.

그러한 영혼 갈취 능력은 마물들의 수준에 따라 달라진다.

일단 하급 마물의 능력으로는 그저 두려움과 불안감을 조장할 뿐, 인간의 영혼을 갈취할 만큼 강력한 능력을 발휘하지는 못한다. 그러나 중급 마물이 되면 의지가 심약한 인간들의 영혼을 갈취할 수 있다.

그리고 상급 마물부터는 단순히 꿈이나 무의식 정도가 아니라 현실 속 환상을 통해서도 그들을 괴롭힐 수 있게 되면서, 의지가 제법 강한 인간이라 해도 버텨 내기 힘들게 된다.

인간들이 이 사악한 상급 마물이 주는 무서운 환상이나 혼란, 악몽 등에 시달리다 결국 굴복하게 되면 그들의 영혼을 빼앗기고 마는 것이다.

하지만 최상급 마물의 경우야말로 가장 끔찍했다. 그들은 인간들의 의지를 마구 조종해서 인간 세계에 대재앙을 초래하는 경우가 허다했으니까.

이를테면 인간 세계의 황제나 왕들이 최상급 마물에게 장악될 경우, 상상할 수 없는 흉악한 폭정을 펼치며 백성들을 괴롭히게 되는 것이 대표적이었다.

그러나 대부분의 황제나 왕들의 곁에는 유능한 신관이나 마법사들이 포진한 채 마물의 악령이 침투하지 못하도록 보호하고 있는 터라 최상급 마물들이 황제 등의 심령을 손쉽게 장악하기란 쉽지 않았다.

또한 전투력이 최상급 마물을 능가하는 강인한 능력을 가진 자들도 대상에서 제외시켜야 했다.

그러나 그러한 이들이 얼마나 되겠는가. 대부분의 인간 세계에서 최상급 마물을 두렵게 할 만한 이들은 아주 극소수에 불과했다.

최상급 마물들은 주로 세상에 불만이 많은 자들을 장악해 대재앙을 일으켰고, 그 와중에 적지 않은 인간들의 영혼을 갈취하는 식이었다.

이렇게 마물들이 인간 세계에 간접적으로 영향을 끼치며 재앙을 일으키는 반면, 그와 달리 직접적으로 인간 세계에 출현해 대살육을 자행하거나 아예 인간 세계를 멸망시켜 버리는 이들이 있었으니, 그들이 바로 마족(魔族)이었다.

아니, 엄밀히 말하면 마족들의 배후에 있는 마왕이었다. 마왕은 자신의 마계와 인간 세계를 연결시키는 다크 포탈을 만들 능력이 존재하기 때문이다. 그때는 그 마왕의 권속인 마족들뿐만 아니라 마물들도 직접 그 세계로 이동해 끔찍한 살육을 펼치게 된다.

그러나 용자가 수호하는 세계는 예외였다. 수호 용자를 쓰러뜨리지 않고서는 마왕은 물론, 마족이나 마물들 그 누구도 그 세계에 침투할 수 없었다. 그만큼 수호 용자는 인간들에게 중요한 존재였고, 반대로 마물이나 마족 등에게는 두려움의 대상이며 동시에 증오의 대상이기도 했다.

따라서 최상급 마물들이 은신처에 웅크리고 앉아 사악한 짓을 일삼는 세계는 당연히 수호 용자가 존재하지 않는 곳들이었다. 방대한 환야의 세계에서 용자가 존재하지 않는 세계들은 마물들에게 농락당하기 일쑤였다.

'망할 마물 놈들 같으니…….'

샤크는 인상을 찌푸렸다. 이는 예전 샤크가 소마왕으로 태어나기 직전 전달자 노인으로부터 들었던 마물 숲에 대한 상식으로, 이로 인해 그는 마물들을 사냥하면서 그 어떤 거리낌도 느끼지 않았다.

샤크의 기준으로 봤을 때, 마물들은 반드시 없어져야 할 사악한 존재들이었다. 마물을 하나 해치우면 놈에 의해 괴롭힘을 당하던 인간이나 이종족이 마음의 자유를 얻게 될 것이니, 마물에게 동정심 따윈 가질 필요도 없었다.

마물은 모조리 없애 버려야 하리라.

물론 카치카들처럼 부하로 만들어 통제하는 방법도 있긴 했다. 카치카들의 경우는 샤크의 혹독한 정신교육으로 인해 인간들을 괴롭히거나 그들의 영혼을 먹는 일 따위는 하지 못하니까.

그러나 항상 그렇듯 부하들이 많다고 좋은 건 아니었다. 적당히 통제할 수 있는 숫자의 부하들만 있는 것이 데리고 다니기에도 편하다. 많으면 오히려 번거로울 뿐.

쓸데없이 많은 부하들을 두기보다 이미 있는 부하들의 능력을 최대한 끌어올린다! 이것이 샤크의 방침이었다.

'어쨌든 이 숲에도 최상급 마물들이 어딘가 웅크리고 있겠지. 그놈들을 사냥한다면 카치카들이 좀 더 빨리 강해질 수 있을 것이다.'

현재 샤크의 부하 카치카들은 모두 상급 마물이 되었고, 지금도 꾸준히 다른 상급 마물들을 사냥해 잡아먹으며 마기를 축적시키는 중이었다. 샤크의 목표는 카치카들이 모두 각각의 마기를 한계치까지 쌓아 최상급 마물이 되게 만드는 것이었다.

만일 그렇게 된다면 그들의 혈왕마겁수 경지가 오 성을 넘어설 수도 있으니, 그 상태에서 펼치는 칠마진의 위력은 지금보다 가히 열 배 이상 강해질 터였다.

"쿠룬! 카벤! 고트! 이제부터 너희들은 조원들을 이끌고 흩어져 마물들을 사냥해라. 상급 마물이건 중급 마물이건 닥치는 대로 먹어 치워라. 특히 최상급 마물들을 사냥하는 게 좋을 것이다. 너희들이라면 충분히 이길 수 있으니 두려워할 것 없다."

"쿠르르! 예, 로드!"

상급 마물인 카치카 1개 조, 즉 7마리가 펼치는 칠마진이라면 최상급 마물 하나 정도는 어렵지 않게 제압할 수 있을 것이다. 따라서 어디 외부에서 강력한 마족이라도 들어오지 않는 한 마물 숲에서 샤크의 부하 카치카들을 위협할 만한 존재는 없다고 봐야 했다.

부하들을 강하게 하면서 마물 숲의 마물들을 없애 버린다. 이러한 일석이조의 목적으로 샤크는 카치카들을 내보낸 것이다.

이제 샤크의 명령을 받은 이상 카치카들은 이 마물 숲의 무서운 포식자가 되어 그들 눈에 보이는 마물들은 모조리 해치우거나 잡아먹을 것이다. 그러면서 마기를 쌓아 모두 최상급 마물로 성장하게 될 터였다.

그렇게 샤크는 카치카들을 조별로 나눠 세 방향으로 보낸 후 홀로 다른 방향으로 탐사를 나섰다.

추라라라-

끼리릭!

거대하고 기괴한 형상의 수풀들 사이로 크고 작은 최하급 마물들이 수두룩했다. 그것들은 지능이 극히 낮아 인간의 무의식이나 꿈에 침투할 능력이 없었다. 그저 하급 이상 마물들의 풍성한 먹잇감으로 존재할 뿐이다.

우습지만 이것들이 대부분 카치카들이 잡아다 간식거리로 바친 것들이었다. 그러다 보니 샤크의 표정은 담담했지만 입에서는 절로 침이 넘어갔다.

'꿀꺽! 맛있겠군.'

머리가 세 개 달린 뱀 모양의 마물, 주먹만 한 바퀴벌레 형상의 마물을 비롯해 이름도 알 수 없는 징그러운 마물들을 보고 혐오감이 들기는커녕 군침이 돌다니, 이게 무슨 일인가? 자신도 모르게 그것들을 향해 손이 가던 샤크는 왠지 자괴감이 들어 씁쓸히 웃었다.

'제길! 나도 마물이 다 된 건가?'

마물이 다 된 것이 아니라 마물보다 더한 소마왕이다. 말을 해서 무엇하리. 그렇게 태어난 걸 말이다. 아무튼 지금 그는 마치 인간으로 치면 맛 좋은 음식들이 잔뜩 차려진 연회장을 지나는 기분과 흡사했다.

'참자.'

지금은 굳이 최하급 마물들을 먹지 않아도 될 만큼 체력이 충분했다. 또한 마물이 아닌 인간들이 먹는 음식을 먹어도 충분히 체력을 유지할 수 있었다. 만상무극지체인 그는 마물뿐 아니라 모든 종류의 음식으로부터 소진된 체력을 회복할 수 있기 때문이다.

문제는 맛!

마물을 씹어 먹으면서만 느낄 수 있는 기막히면서도 자극적인 그 맛이 문제였다. 인간의 미각에는 존재하지 않는 불가사의한 자극! 그야말로 미치도록 맛있다는 말이 정확한 표현이리라.

'정말 이러다 나중에 인간들을 봐도 먹고 싶다는 충동이 들면 큰일인데······.'

물론 그건 그리 큰일이라 할 수 없었다. 이미 샤크는 인간들의 영혼을 보고 먹고 싶다는 강렬한 충동이 일어났었으니까.

다시 말해, 그러한 충동이 드는 것 자체가 큰일은 아니었다. 그는 소마왕이니 본능적으로 그러한 욕구가 드는 건 당연했다. 다만 그와 같은 충동이 일어났을 때 그것을 절제하지 못할까 봐 문제인 것이다.

 소마왕으로서의 미각에 익숙해질수록 샤크는 그만큼 절제력을 갖기 힘들게 된다. 그러다 언젠가 인간을 인간이 아닌 먹잇감으로만 바라보는 포식자로 돌변하게 될지 어찌 아는가?

 그 생각을 하자 샤크는 왠지 섬뜩한 느낌이 들었다. 문득 그가 아무리 발버둥 쳐도 소마왕으로서의 본능과 운명을 피해 갈 수 없을 것이라는 로아탄 카렌의 말이 떠올랐다.

 하지만 그렇다고 굶을 수는 없지 않은가?

 열매나 버섯류의 마식물(魔植物)을 먹는 것이 그나마 나을 것 같지만 막상 그런 것도 아니었다. 어차피 그것들이 마물 숲에서 자라는 이상 마물 못지않게 자극적인 맛이었기 때문이다. 그런 것들을 먹는 데 익숙해지면 상대적으로 밋밋한 맛의 인간 음식은 먹기 힘들 것이다.

 '체력을 위한 최소한의 음식만 먹기로 하자.'

 지금은 마물 숲에 있으니 어쩔 수 없이 마기가 깃든 음식을 먹어야 한다. 그러나 장차 여건이 주어지면 잘 익은 밥이나 따뜻하게 구운 오리고기와 같은 요리들을 먹기로 했다. 정신 건강을 위해서라도 말이다.

'그럼 최상급 마물을 찾아볼까?'

스스스.

샤크는 마물들을 무시한 채 숲을 활보했다. 특이하게 그가 숲을 활보하는데도 마물들은 그의 존재를 전혀 눈치채지 못했다. 이는 그가 하나의 특별한 신법을 펼쳤기 때문이다.

무극무영신(無極無影身).

무극지기를 통해 자연스레 주변의 자연과 일체화되는 신묘한 신법. 이 순간 마물들의 눈에 샤크는 본래 그곳에 존재하던 바람이나 나무, 혹은 수풀과 같은 자연지물처럼 보이게 된다.

따라서 느긋하게 샤크가 걸어가든, 혹은 훌쩍 뛰어오르든 마물들은 특별한 이질감을 느끼지 못하는 것이다.

그러고 보면 전생에서도 그는 각 문파의 경비 무사들이 두 눈을 부릅뜬 채 지키고 있는 정문을 태연히 걸어간 적도 있었다.

물론 이러한 무극무영신의 절대 은신법은 대상의 감각을 속이는 데 있기 때문에 웬만큼 중후한 내력을 지닌 이들까지 속이기는 쉽지 않았다. 작정하고 속이려면 가능은 하지만 무극지기의 소모가 극심하니 활용성이 떨어졌다.

따라서 무극무영신은 보통 하수들이 즐비한 곳에서 귀찮

은 싸움을 피하기 위해 주로 사용하던 신법이었다. 특히 지금처럼 중급 이하 마물들의 이목을 속이는 데는 더없이 편리하다고 할 수 있었다.

 아니, 이 마물 숲에서는 최상급 마물이라 해도 현재 샤크의 무극무영신을 감지해 내기란 불가능했다. 그동안 카치카들과의 오랜 수련을 통해 샤크의 수준은 이미 최상급 마물들이 가진 마기 정도는 가볍게 뛰어넘은 터였으니까.

 스스스, 스스스스—

 샤크는 무극무영신을 통해 숲을 누비면서도 전신의 감각을 최대한 개방했다. 최상급 마물들은 가급적 외부와의 충돌을 피하기 위해 남들이 쉽게 찾을 수 없는 은밀한 비처에 똬리를 튼다 했다.

 그런 만큼 샤크라 해도 쉽사리 최상급 마물들의 은신처를 찾기가 쉽지 않았다. 그래서 더더욱 무극무영신을 펼쳐 스스로의 자취를 숨겨야 했다. 놈들이 경계하지 않도록 말이다.

 '놈들도 뭔가를 먹어야 될 것이니 틀림없이 움직일 것이다.'

 최상급 마물들은 영혼 갈취를 통해 인간이나 엘프와 같은 이종족들의 영혼을 잔뜩 갖고 있겠지만, 그것만으로 육신의 허기를 채울 수는 없다. 영혼들은 보통 마기를 회복하거나 증폭시키는 용도로 사용한다 했으니까.

따라서 샤크는 최상급 마물들이 체력 유지를 위해 자신의 은신처를 나와 마물들을 잡아먹을 때를 노리고 있었다.

급할 것은 없다. 어차피 시간은 많았다. 샤크는 느긋하게 마물들의 움직임을 살피며 움직였다. 어디서든 최상급 마물이 출현하면 하급 마물이나 최하급 마물들이 그에 대한 반응을 보일 테니까.

그렇게 한참의 시간이 지났을까?

"우쿠어억!"

일순 어디선가 묵직한 단말마의 비명성이 들렸고, 수풀이 세차게 흔들리는 소리가 들려왔다. 대충 상급 마물쯤 되는 놈 하나가 당하자 그것에 놀란 중급 이하의 마물들이 사방으로 흩어지며 달아나는 상황. 직접 보지 않아도 샤크의 뇌리에는 그 장면이 그려졌다.

'후후, 드디어 나타났군.'

팟-

그때까지 마치 잔잔한 바람처럼 근처를 활보하던 샤크의 신형이 돌연 연기처럼 흩어지며 어디론가 사라졌다.

"크흐흠?"

수십 개의 긴 다리에 둥그런 몸체, 흡사 문어를 연상케 하는 거대한 마물은 몸통의 중앙에 위치한 시뻘건 눈동자를 두리번거렸다.

"근처에 누군가 있는 것 같은데……. 나의 착각인가?"

그의 이름은 크라케. 그는 이곳 마물 숲의 폴리푸스족 중 유일하게 최상급에 이른 마물이었다. 그의 수많은 다리 사이로 거대한 늑대 형상의 상급 마물인 울프탄 하나가 무참하게 뭉그러진 채 죽어 있었다. 그렇게 찢긴 사체의 살점들이 다리들에 난 뾰족한 돌기들로 빨려 들어갔다.

쭈르르릅! 쭙쭙!

크라케는 한동안 아무것도 먹지 않아 체력이 꽤 고갈된 터였다. 다행히 은신처에서 나오자마자 울프탄이 하나 눈에 띄어 곧바로 덮쳤다. 이 토실토실한 상급 마물을 먹고 나면 고갈된 체력이 모두 회복되고도 남을 듯했다.

"쿠흐! 모처럼 먹으니 정말 맛있군."

크라케는 흡사 과일의 즙을 빨아 먹듯 울프탄의 혈액을 모조리 빨아들인 후 뼈와 살점을 으적으적 씹어 먹었다.

잠시 후, 식사를 마친 그는 주변을 돌아다니며 마물들을 잔뜩 잡았다. 자주 나오기 귀찮으니 넉넉하게 식량을 챙겨 은신처로 돌아가기 위함이었다.

이럴 때 상급 마물들이라도 하나 더 눈에 띈다면 좋겠지만 그들은 크라케가 등장하자 기겁하며 마물 숲의 까마득히 먼 곳으로 달아난 듯했다. 어쩔 수 없이 크라케는 하급과 중급 마물만 수백여 마리를 잡아 은신처로 향했다.

꾸물꾸물.

수십 개의 긴 촉수 같은 다리 중 10여 개를 사용해 자신의 식량을 한데 뭉친 크라케는 주위를 두리번거리다 일순 바닥으로 꺼지듯 사라졌다.

'……!'

그 순간 크라케가 사라진 장소에 샤크가 슥 나타났다. 평범한 땅으로 보이는 그곳에 결계의 틈새가 살짝 벌어져 있었다. 그 결계의 틈새는 단순히 육안으로 볼 수 있는 것이 아니라 오직 기감으로만 파악이 가능했다. 적어도 최상급 마물 정도가 아니면 간파할 수 없으리라.

'이런 곳에 숨어 있었군.'

샤크는 결계의 틈새를 통해 잽싸게 안으로 들어갔다.

슥.

결계로 진입하자 커다란 동굴이 앞을 가로막았다. 동굴의 입구에는 두 명의 사내들이 무뚝뚝한 표정으로 서 있었다. 허리에 검을 차고 있는 그들의 기세는 제법 사나워 보였다.

'인간?'

샤크는 그들을 보고 일순 놀랐다. 그러나 다시 보니 그들은 실제 인간이 아닌 영혼들이었다. 그들이 마치 육신을 가진 것처럼 보이는 이유는 이곳 결계가 가진 어떤 특별한 능력 때문인 듯했다.

'영혼이 육신으로 형상화되다니, 이토록 놀라운 현상이 발생한다면 혹시?'

아무리 봐도 이곳 결계는 크라케가 펼친 것이라기보다는 마물 숲에서 자연스레 형성된 것일 가능성이 높았다.

결계가 절로 형성된다? 이는 이런 마물 숲만이 아니라 환야의 세계 전체에서 아주 흔한 자연현상이니 특이할 건 없었다. 이런 결계들을 발견해 그곳을 은신처로 삼는 이들이 수두룩하니까.

사실 이런 결계는 지금 크라케가 은신처로 사용하고 있는 작은 결계뿐 아니라 거대한 대륙을 포함할 만큼 광범위한 규모로도 존재한다고 했다.

이를테면 용자가 지키고 있는 소세계들이 대표적이었다. 용자들은 각 소세계를 이루는 결계의 틈새, 일종의 출입구라고 할 수 있는 그곳에 강력한 가디언들을 배치해 두어 마왕이나 마족들의 침입에 대비한다고 했다.

이렇게 환야에는 크고 작은 수많은 결계들이 무수히 존재하지만 그것을 쉽게 발견하기 힘든 이유는 무엇일까? 그것은 땅속에 수많은 보석들이 존재하지만 운이 좋지 않으면 발견하기 힘든 이유와 같다. 그만큼 환야의 세계가 방대하기 때문일 것이다.

 어쨌든 샤크로서는 뜻하지 않은 행운이었다. 만일 크라케가 아니었다면 이곳에 결계가 존재하는 것을 알지 못했을 테니까.

 특히 이렇게 자연적으로 생성된 결계에는 아주 특별한 기적과 같은 현상이 존재할 때가 많다고 했다. 인위적으로 펼친 결계에는 있을 수 없는 초자연적인 현상. 영혼들이 육신과 같은 형상으로 화해 입구를 지키고 있는 것이 그것을 증명했다.

 스스.

 샤크는 영혼 무사들을 지나쳐 안으로 들어갔다. 그들은 비록 영혼 상태였지만 무극무영신 상태의 샤크를 감지하지는 못했다. 그들의 로드인 크라케조차 눈치채지 못했으니 평범한 영혼들이 그것을 간파하기란 불가능할 것이다.

 동굴을 따라 들어가는 와중에도 영혼 무사들, 혹은 영혼 마법사들이 곳곳에서 눈에 띄었다. 제법 머리를 썼는지 미로의 형태를 따라 만들어진 함정도 존재했다. 물론 샤크는 산보하듯 그곳을 통과했다.

 일순 어둑한 동굴이 끝나고 환한 빛이 번쩍이는 초원 같은 곳이 나타났다. 반경 500로빗 정도의 꽤 널찍한 초원이었다.

마물 숲 지하에 초원이 존재할 줄이야.

샤크는 그 이유를 어렵지 않게 짐작할 수 있었다. 이곳은 사실 마물 숲의 지하가 아니다. 그곳과 결계로 이어진 다른 공간일 뿐.

그것을 증명하는 것이 초원의 외곽을 비롯해 천장까지 가로막고 있는 둥그런 형태의 벽이었다. 그 벽은 어떤 물리적인 실체로 존재하는 것이 아니라 이 작은 결계 세계 속의 한계를 의미했다. 즉, 그 바깥으로는 절대 나갈 수 없는 것이다. 그 누구라 해도 말이다.

수원(水源)이 어디서 비롯되었는지 알 수 없는 작은 우물이 초원의 중앙에 존재했고, 멀찍이 웬 창고 같은 건물이 하나 보였다. 식량 저장 창고인 듯 크라케는 밖에서 잔뜩 잡아 온 마물들을 그곳에 처박은 후 문을 닫았다.

콰앙!

창고를 나온 크라케는 돌연 고개를 갸웃했다. 뭔가가 자신을 지켜보고 있는 듯한 이상한 느낌이 들었기 때문이다.

"크으?"

문어의 머리와 같은 거대한 몸체의 중앙에서 부릅뜬 시뻘건 외눈이 한동안 사방을 두리번거렸다. 그러다 그는 이내 키득 웃었다.

"쿠크크! 내가 너무 예민한 거 같군. 이 숲에서 나의 이

목을 속일 만한 놈은 아무도 없는데 말이야."

크라케는 그의 자부심 그대로 마물 숲의 최상급 마물 중 최강자였다. 예전에는 간혹 다른 최상급 마물들과 실력을 겨루어 보며 잔혹한 살육을 벌이기도 했지만, 이곳 결계를 발견한 이후부터는 이곳에서만 틀어박혀 지냈다.

황량하도록 텅 빈 초원의 중앙에 존재하는 작은 우물. 그러나 바로 그 우물이 크라케에게는 세상에서 더없이 흥미진진한 곳이었다. 그것은 평범한 우물이 아니라 몽환(夢幻)의 우물이었기 때문이다.

"쿠크크! 허기도 잔뜩 채웠으니 다시 또 시작해 볼까?"

뭉클뭉클.

돌연 그의 몸체에 있는 눈에서 붉은 구름과 같은 연기가 일어나 그의 몸을 휘감았다. 잠시 후, 붉은 연기가 사라지자 그곳엔 웬 인자한 인상의 노인이 서 있었다.

갈색의 장발에 긴 수염을 단정히 내려뜨린 노인. 누가 봐도 범상치 않아 보이는 풍모였다. 흡사 신선이라고 해도 될 만큼 말이다.

멀리서 지켜보던 샤크는 속으로 어이가 없었다.

'저놈, 뭘 하려는 수작인 거지?'

왜 갑자기 인간의 모습으로 변한 것인가? 그리고 우물을 향해 다가가는 이유는 무엇일까?

샤크는 왠지 중앙에 위치한 우물이 수상했다. 그곳으로부터 이상한 기운이 흘러나왔기 때문이다. 어쩌면 이 결계에서 벌어지는 특이한 현상, 즉 인간들의 영혼이 육신의 형태로 존재할 수 있는 것은 바로 이 우물에서 비롯된 힘이 아닐까?

'혹시 저 우물을 통해 영혼을 갈취하는 건 아닌지 모르겠군.'

내심 호기심이 들었지만 샤크는 서두르지 않고 느긋하게 지켜봤다. 잘하면 크라케가 아주 특별한 방법으로 인간의 영혼을 괴롭히거나 갈취하는 장면을 목격할 수도 있을 것 같아서였다.

카치카들과 같은 보통 마물의 경우에는 꿈을 꾸면서 그 일을 벌인다. 마물들이 인간처럼 잠을 자는 도중 꿈을 꾼다는 것이 우습긴 하지만, 그것은 실제로 벌어지는 일이었다.

물론 마물의 꿈은 인간과 다르다. 인간은 꿈속에서 무의식의 영역을 헤매지만, 마물들은 자신이 꿈을 꾸는 동안 그러한 인간들의 무의식에 침범해 온갖 흉악한 짓을 하곤 했다.

즉, 인간의 악몽(惡夢)이란 보통 하급 마물의 꿈과 연결되어 벌어지는 불행이라 볼 수 있었다. 그리고 중급 이상 마물들의 꿈과 연결된 순간이면 인간은 꿈이 아닌 현실에서도 크나큰 불행을 맞이하게 된다. 그때 마물은 꿈을 꾸지만 꿈속에서 인간의 의지를 조종하기 때문이다.

어찌 보면 그야말로 기막힌 능력이 아닐 수 없다. 꿈을 통해 다른 이를 조종하다니.

왠지 아쉽다면 아쉽지만 샤크에게는 그런 능력이 없었다. 특이하게도 그러한 능력은 마족이나 마왕에게는 주어지지 않았다. 오직 마물들에게만 있는 특이한 능력인 것이다.

그 이유는 기본적으로 마족이나 마왕이 꿈을 꾸지 않기 때문이다. 대신 마족들은 마물들을 지배하고, 마왕들은 그런 마족들을 지배하는 것이 숙명적으로 주어진 구조였다.

그런데 마물들은 간혹 꿈이 아닌 다른 특별한 방법, 이를테면 어떤 특수한 능력이 깃든 사물을 통해서도 인간의 꿈에 침투할 수 있다 했으니, 지금 크라케가 보고 있는 우물이 바로 그것이었다.

일루전 트레저라 불리는 그것.

Chapter 7

몽환의 우물

일루전 트레저.

환야에 존재하는 진귀한 보물들. 오직 행운이 있는 자에게만 발견된다는 그것들을 일컬어 일루전 트레저라고 부른다.

그것들은 홀연히 나타났다가 홀연히 사라지고, 그러다 또 나타났다 사라짐을 반복하는데, 언제 어디에 그것들이 생겨날지는 아무도 모른다.

크라케가 오래전 발견한 이곳 결계에도 일루전 트레저가 하나 존재하고 있었으니, 그것이 바로 지금 이 초원의 중앙에 위치한 우물이었다.

이른바 몽환의 우물이라 불리는 이것에는 모든 마물이 꿈에서라도 얻기 원하는 신비한 능력이 깃들어 있었다. 마물이 자신의 혈액을 몽환의 우물에 떨어뜨리면 매번 그것과 무작위로 연결된 소세계 중 한 곳으로 차원 이동이 가능했다.

 물론 그것에는 특별한 조건이 있었다. 우물에 공연히 몽환이라는 이름이 붙은 것은 아니었으니까.

 먼저 반드시 몽환의 우물을 통해 인간의 꿈에 침투해야 하는데, 동시에 그 꿈에서 만난 인간과 계약을 해야 한다. 그렇게 서로가 계약의 조건에 합의했을 시에만 차원 이동이 가능해진다.

 단, 거기서 끝이 아니었다. 계약의 조건뿐 아니라 이행도 중요했다. 그 조건을 반드시 이행해야 했다. 그렇지 않으면 다시 마물 숲으로 돌아올 수 없기 때문이다.

 물론 영원히 그 세계에서 살고 싶다면 상관없지만, 다시 마물 숲으로 돌아오려면 계약 이행이 필수였다.

 어쨌든 이런 이유로 몽환의 우물을 소유한 마물은 수많은 세계로 차원 이동을 할 수 있었다. 몽환의 우물이 가진 신비한 차원력으로 인해 심지어 용자가 지키는 세계로도 차원 이동이 가능했다. 들키지 않고 말이다.

 그런 대단한 보물을 크라케가 소유하게 된 것이다. 그리고 그는 그동안 몽환의 우물과 연결된 세계들을 여러 차례 왕복했다. 그 와중에 적지 않은 영혼들을 잡아 포식했고, 그중 일부는 붙잡아 와 이곳 결계를 지키는 가디언들로 삼은 터였다.

그리고 오늘도 새로운 영혼을 찾아 몽환의 우물 앞에 섰다.

"쿠크크! 오늘은 어떤 세계에서 어떤 녀석이 나의 힘을 필요로 할지 궁금하구나. 누구든 상관없다. 나의 힘을 간절히 원하는 자가 나를 만나게 될 테니 말이야. 키하하하하!"

크라케는 득의만만한 괴소를 흘리더니 자신의 팔뚝을 손톱으로 긁었다.

부욱!

날카로운 손톱이 깊숙이 박힌 채 지나가자 팔뚝에서 피가 주룩 흘러내려 우물로 떨어졌다.

뚝! 뚜뚝!

검붉은 핏물이 얼룩져 퍼진 순간, 우물이 세차게 출렁이더니 눈부신 빛이 쏟아져 나왔다.

화아아아악!

그야말로 순식간이었다. 우물에서 나온 빛이 결계의 초원을 뒤덮었다. 그로 인해 무극무영신 상태로 멀찍이 떨어져 그 장면을 지켜보던 샤크 역시 빛의 폭풍에 휘말렸다.

'으음!'

샤크는 눈이 부셔 인상을 찡그렸다. 다행히 빛은 순식간에 사라졌다. 그리고 초원에는 아주 놀라운 광경이 펼쳐져 있었다.

갑자기 초원은 온데간데없이 사라지고 숲이 생겨나기 시작했다. 먹장구름이 가득한 하늘도 조금 전까지는 볼 수 없던 것이었다.

'우물이 만들어 낸 환상인 듯하군.'

샤크는 그다지 놀라지 않았다. 그 역시 우물이 심상치 않은 능력을 가지고 있음을 이미 간파했기 때문이다. 탄생 직전 전달자 노인이 말해 줬던 일루전 트레저라는 신비한 보물 중 하나일 수도 있다는 생각에 오히려 흥미로웠다.

크라케는 그런 샤크의 존재를 여전히 눈치채지 못했다. 그의 관심은 오직 자신의 힘을 간절히 원하는 인간뿐이었다.

문제는 이 꿈의 연결이 무작위로 되다 보니 어떤 인간의 꿈이 소환될지 전혀 알 수가 없다는 것!

꿈이지만 그 속에서 인간들은 현실에서 가진 능력을 그대로 발휘한다. 크라케 역시 마찬가지. 따라서 혹시라도 그가 감당할 수 없을 만큼 강한 능력을 지닌 검사나 마법사의 꿈과 연결되기라도 하면 낭패였다.

왜냐하면 먼저 압도적으로 인간의 영혼을 제압한 후 그에게 한 가지 조건을 제시해 계약을 해야 하기 때문이다. 이를테면 복수를 해준다든지, 강한 힘을 준다든지 하는 식으로 말이다.

그렇게 대상의 조건을 들어준 이후에 그 계약자의 영혼은 크라케의 권속이 된다. 그리고 그 계약자의 영혼을 통해서만 몽환의 우물이 있는 마물 숲으로 되돌아갈 수 있게 된다.

물론 단순히 영혼을 갈취하는 정도는 굳이 몽환의 우물이 없어도 할 수 있다. 마물들은 인간의 꿈이나 환상을 자극해 그의 영혼을 갈취한 후 의지를 장악할 수 있기 때문이다. 그것은 최상급 마물인 크라케에게는 더더욱 쉬운 일이었다.

그러나 이때는 인간의 의지를 장악하는 것뿐, 그곳에서 마물로서의 능력은 거의 발휘하지 못한다. 최상급 마물의 경우에는 그나마 일부 능력을 발휘하긴 하지만 그것도 매우 제약이 많았다.

하지만 몽환의 우물을 통하면 굳이 꿈을 꾸지 않고도 인간의 꿈에 침투할 수 있으며, 무엇보다 직접 차원 이동이 가능하다는 매력이 있었다. 따라서 인간의 꿈이 아닌 실제 현실에서도 마물이 자신의 모든 능력을 발휘할 수 있는 것이다.

스스스! 스스스스!

크라케가 잠시 상념에 빠져 있는 사이, 주변은 빽빽한 나무들이 늘어선 숲으로 화해 있었다. 숲은 매우 어두침침했다. 크라케는 이내 흠칫 안색을 굳히고 말았다.

'헉, 저럴 수가!'

스슥.

붉은 머리카락을 가진 사내. 건장한 체격에 자신의 키만 한 대검을 쥐고 있는 사내는 숲에서 스켈레톤들을 비롯한 각종 마물들과 마구 전투를 벌이는 중이었다.

"쿠하하하! 건방진 스켈레톤 놈들 같으니! 죽어랏!"

쒸이이이잉!

남빛 오러의 광채로 둘러싸인 거대한 대검이 전방의 공간을 수평으로 갈랐다. 그러자 전방에서 달려들던 스켈레톤 중갑 전사 셋이 단번에 반쪽이 나 널브러졌다.

쒸이잉! 스커컥!

"뒈져랏! 하찮은 마물들 따위가 감히 붉은 숲의 검사인 나 라우벤 앞에 덤비느냐? 모조리 죽여 주지, 모조리! 크하하핫!"

라우벤의 대검이 번뜩일 때마다 스켈레톤들과 좀비, 그리고 갖가지 형상의 마물들이 무참히 죽임을 당했다. 그 모습을 본 크라켄의 안색이 일그러졌다.

'비, 빌어먹을! 오러 블레이드라니! 굉장히 센 놈이군. 하필이면 저런 놈이!'

마물들이 꿈을 통해 연결되는 대상은 보통 의지가 약하거나 마음이 사악한 이들이었다. 물론 예외도 있긴 하지만 대부분 서로 비슷하게 통하는 기질이 있어야 꿈도 연결되기 쉬운 것이다.

그런데 자칭 붉은 숲의 검사 라우벤이라는 녀석은 충분히 사악해 보였다. 그런 점은 크라케로서는 오히려 반길 만한 일이었다. 그만큼 영혼을 장악하기가 쉬울 테니까.

그러나 그것은 크라케의 능력이 라우벤보다 월등할 때의 얘기였다. 딱 보니 라우벤이란 녀석은 저 무식한 대검에 오러 블레이드를 생성시킬 정도로 검술의 귀재였다. 크라케가 도저히 당할 만한 상대가 아닌 것이다.

'크으으! 이번 꿈 소환은 실패다. 저놈이 나를 발견하기 전에 빨리 이 꿈을 역소환시켜야 한다.'

크라케는 다급히 꿈을 역소환시키는 주문을 외웠다. 다행히 라우벤은 다른 마물들을 해치우느라 멀찍이 서 있는 크라케를 발견하지 못했다. 만일 그 마물들이 없었다면 크라케는 꼼짝없이 라우벤에게 변을 당했을 것이다.

라우벤을 둘러싼 수많은 마물들은 각각의 꿈을 통해 라

우벤의 꿈과 우연히 연결된 것이었다. 시커먼 나무들이 가득한 숲의 정경은 라우벤의 꿈속에 펼쳐진 정경인 것이다.

그런데 몽환의 우물이 가진 신비한 능력은 라우벤의 꿈을 통째로 이곳 결계로 옮겨 놓았다. 그러다 보니 라우벤은 자신이 왜 이곳에 있는지 알지 못했다. 아니, 그는 자신이 꿈을 꾸는 건지도 알지 못했다.

그는 사실상 무의식중에 마물들과 싸우고 있을 뿐이었다. 이러다 잠에서 깨고 나면 어렴풋이 꿈속에서 자신이 마물들을 학살했다는 기억을 떠올릴 것이다.

"크하하하하! 모조리 죽이겠다!"

라우벤은 그저 마음껏 살육을 펼칠 수 있다는 것에 신이 날 뿐이었다. 그의 꿈으로 연결된 마물들은 정신없이 달아났다.

"라베즈…… 아강로드……!"

역소환 주문을 외우는 크라케의 음성이 떨렸다. 그 역시 라우벤에게 들킬까 봐 긴장한 터라 주문이 잘 나오지 않았다.

그 순간, 라우벤이 크라케를 발견하고 두 눈을 번뜩였다.

"크흐흐흐! 거기 너는 또 웬 놈이냐? 죽어랏!"

라우벤은 무려 50로빗의 거리를 순식간에 단축시키며 달려왔다. 그의 대검이 번쩍 크라케의 몸을 반쪽으로 가를 찰나, 갑자기 우물에서 환한 빛이 일어났다.

"화아아악!"

주변의 공간이 일그러지더니 라우벤과 그의 대검이 흐릿해졌다. 라우벤과 마물들, 그리고 숲이 통째로 우물 속으로 빨려 들어갔다. 초원은 다시 본래의 황량한 모습을 회복했다.

"크후우! 하, 하마터면 죽을 뻔했다. 하필이면 그런 무식한 놈이 소환될 줄이야."

크라케는 가슴을 졸이며 안도의 한숨을 내쉬었다. 정말 재수가 더럽게 없었던 것 같다. 그동안 수백 번도 넘게 해보았는데 이런 경우는 처음이었던 것이다.

"크으! 잠깐 쉬었다가 해야겠다."

크라케는 바닥에 털퍼덕 주저앉아 휴식을 취했다. 여전히 상기되어 있는 그의 안색을 보니 조금 전 붉은 숲의 검사 라우벤의 꿈을 소환했던 것에 꽤나 놀란 모양이었다.

그 모습을 샤크는 담담히 쳐다보고 있었다. 그는 지금이라도 당장 가서 크라케를 해치우거나 제압할 수 있었지만, 일단 저 우물을 통해 크라케가 또 어떤 일을 벌일지 궁금했기에 좀 더 지켜보기로 했다.

'그 라우벤이라는 놈은 실력도 실력이지만 눈빛이 꽤 마음에 드는군. 성격이 거칠긴 해도 그런 녀석은 배신을 잘

안 하지. 부하로 삼기 딱 적당한 녀석이야. 그건 그렇고, 정말 흥미롭군. 저 우물에 꿈을 소환하는 능력이 있는 건가?'

전생의 그가 아무리 개세의 무공을 가지고 있었다 해도, 남의 꿈을 결계로 소환해 내는 능력은 없었다. 아니, 전달자 노인이 알려 준 마왕이나 마족들도 이 같은 능력은 없다. 그것은 오직 일루전 트레저와 같은 신비한 보물에게만 있는 불가사의한 이능(異能)이라 할 수 있었다.

"쿠크! 이번에는 그럴 일이 없겠지."

한동안 충분히 휴식을 취하며 마음을 진정시킨 크라케는 다시 구미가 동하는지 몽환의 우물 앞에 서서 팔뚝을 손톱으로 긁었다.

부욱!

주르르륵―

검붉은 혈액이 우물을 적시자 빛의 폭풍이 일어났다.

화아아악!

눈부신 빛의 폭풍이 사라지자 초원의 정경은 다시 뒤바뀌어 있었다. 멀리서 지켜보던 샤크도 과연 어떤 꿈속의 풍경이 펼쳐질지 사뭇 기대 어린 표정을 지었다.

"강림! 강림! 부디 강림하소서……!"

웬 어둑한 밀실. 바닥에는 복잡한 도형들의 모양이 얽히

고설킨 주술진이 그려져 있고, 그 주술진의 중앙에 10대 중반쯤 되어 보이는 붉은 머리 소녀가 가부좌를 틀고 앉아 뭐라고 외치고 있었다.

"강림! 강림! 오오, 위대한 마의 힘이여! 부디 나에게 힘을 주소서……."

그녀를 본 크라케는 의미심장한 미소를 지었다. 딱 보니 소녀가 흑마법을 약간 익힌 것 같긴 하지만 크라케를 위협할 만한 수준은 전혀 아니었다. 아까의 무식한 검사 라우벤과 달리 이 소녀는 아주 적당한 먹잇감이었다.

스윽.

밀실의 구석 음영 속에 모습을 감추고 있던 크라케가 곧바로 소녀의 앞으로 걸어가며 모습을 드러냈다.

"쿠크크크! 나를 간절히 찾는 그대는 누구인가?"

"다, 당신은……."

소녀의 두 눈이 커졌다. 아무도 없던 밀실에 갑자기 웬 노인이 나타나 그녀를 향해 말을 걸었기 때문이다. 소녀는 일순 겁먹은 표정을 지었지만 이내 희열 어린 표정으로 외쳤다.

"아아, 설마……? 저의 소환에 응해 주신 것인가요?"

"그렇다, 소녀여. 이곳에서 나를 간절히 찾는 소리가 있어 내가 특별히 이곳에 온 것이지. 나의 이름은 크라케! 그대가 원하는 강력한 마의 힘을 가진 자다."

"강력한 마의 힘을 가진 자라면, 당신은 혹시 마왕이신가요?"

순간 크라케의 입가에 음침한 미소가 맺혔다.

"쿠크크크! 아주 영리하구나. 그대가 나의 정체를 짐작했으니 굳이 숨기지는 않겠다."

"아아, 역시 마왕이셨군요. 정말 영광이에요. 저의 부름에 응해 주시다니요."

소녀는 감격했는지 눈물을 글썽였다. 그녀의 이름은 비니안. 금기된 마법인 흑마법에 입문한 지 얼마 안 된 풋내기 마법사였다.

비니안은 강력한 흑마법사가 되고자 하는 염원을 가지고 있었는데, 그러다 보니 꿈속에서 무의식적으로 이 어둠의 주술진을 펼친 것이다.

꿈을 꾸는 대부분의 인간들이 그렇듯 비니안 역시 지금 상황이 꿈인지 몰랐다. 그녀는 자신이 마왕과 계약을 함으로써 최고의 흑마법사가 될 것이란 기대에 잔뜩 부풀어 있을 뿐이었다.

"호호호훗! 저의 이름은 비니안이에요, 크라케 마왕님. 당신에게 저의 영혼을 바칠 테니 제게 강력한 흑마법의 힘을 주세요."

"쿠흠!"

크라케는 어깨를 으쓱했다. 아직 그가 말도 꺼내지 않았는데 알아서 먼저 영혼을 바치겠다고 하니 그로서는 그저 기특할 뿐이었다.

"좋아, 너의 부탁을 받아들이마. 그러나 계약을 하려면 너의 소원이 필요하다. 소원이 무엇이냐?"

"부탁이라고요? 좀 전에도 말했지만 최고의 흑마법사가 되는 게 소원이에요."

크라케는 인상을 찌푸렸다. 여기서 승낙하면 그는 비니안을 최고의 흑마법사로 만들어 주어야 할 것이다. 그건 매우 번거로운 일이었고, 사실 크라케의 능력으로 할 수 있는 일도 아니었다.

"크흠! 그거야 언제고 그렇게 될 것이다. 그런 장황한 것 말고 지금 당장 실현이 가능한 것을 얘기해 봐라. 이를테면 누군가를 죽이고 싶다든가, 이런 거 말이야."

그 말에 비니안이 잠시 고심을 하더니 조심스레 말했다.

"혹시 누군가를 죽이진 말고 한동안 꼼짝 못 하게 가둬 놓는 부탁도 들어주나요?"

"죽이진 말고 잠시 가둬 놓으라? 뭐, 안 될 건 없지. 그보다는 죽이는 게 더 쉽지 않겠느냐?"

"그건 안 돼요. 저의 아빠니까요."

"아빠?"

"네. 그러니까 그냥 가둬 주세요. 대충 한 달 정도만. 날 절대로 찾지 못하도록요."

"한 달을 가둬 놓으면 굶어 죽지 않겠느냐?"

"호호! 걱정 말아요. 우리 아빤 그 정도로 죽지 않아요."

크라케는 어이가 없다는 듯 잠시 비니안을 쏘아봤다. 계약의 조건으로 누군가를 구금해 달란다. 그런데 그 대상이 아빠?

대체 무슨 사정이 있어 딸이 아빠를 구금해 달라는 건지 궁금했지만, 크라케에게 어차피 그 이유는 중요하지 않았다. 아무리 철이 없다 해도 어찌 그런 부탁을! 딱 봐도 싹수가 아주 노란 녀석이었다.

'크흐흐! 좋아, 좋아. 하는 짓을 보니 아주 사악한 기운이 물씬 풍기는 녀석이야. 굉장히 마음에 드는구나.'

크라케로서는 물론 흐뭇할 뿐이었다. 그는 흔쾌히 고개를 끄덕이며 말했다.

"너의 그 부탁을 접수하지. 지금 당장 너의 아빠가 있는 곳으로 가자."

비니안의 눈이 커졌다.

"지금요?"

"물론이다. 넌 분명 네 아빠를 한 달 동안 가둬 달라고 부탁하지 않았느냐?"

"그건 그래요. 그런데 아빤 정말 강하…… 아! 하긴, 당신은 마왕이시니까 충분히 아빠를 이길 수 있겠죠?"

그 말에 크라케는 심히 언짢은 표정을 지었다. 자신이 진짜 마왕은 아니었지만 마물 숲 최강의 포식자인 최상급 마물 크라케가 아닌가. 그런 자신이 하찮은 인간 하나를 이기지 못할 리 없었다. 붉은 숲의 검사라는 라우벤 같은 놈은 예외지만 말이다.

크라케는 비니안을 차갑게 노려보며 물었다.

"비니안! 너는 감히 본 마왕의 능력을 의심하는 것인가?"

"아니에요. 전 당신의 강함을 믿어요. 어서 가요."

크라케의 사나운 눈빛을 받은 비니안은 움찔 놀라더니 잽싸게 한쪽으로 걸어갔다. 그곳은 밀실의 문이 있는 곳이었다.

달칵.

밀실 문이 열리자 환한 빛이 들어왔다. 그와 동시에 주변이 흐릿해지더니 다시 선명해졌다. 그사이 주위의 풍경은 완전 뒤바뀌어 있었다.

밀실에서 울창한 숲이라니?

샤크는 깜짝 놀랐다. 왠지 느낌이 이상했다. 조금 전까지는 분명 소녀 비니안의 꿈이라는 생각이 들었는데, 지금은 아니었다.

갑자기 뒤바뀐 환경. 이것은 결계 속에 펼쳐진 환상이 아닌 현실 그 자체였다. 일루전 트레저의 경악할 만한 능력이 또 발휘된 것일까?

'그렇다면 설마?'

설마가 아니었다. 소녀 비니안이 밀실의 문을 연 순간 그녀는 꿈에서 깨어났을 뿐 아니라 현실 속 그녀의 아빠가 있는 곳으로 이동했다. 크라케는 물론이요 멀찍이서 지켜보고 있던 샤크까지.

마물 숲에서 순식간에 클라우드 대륙에 있는 이름 모를 숲으로 차원 이동한 샤크는 어안이 벙벙했다. 이 상황이 참으로 기괴하면서 어이가 없긴 했지만 한편으로는 흥미롭기도 했다.

'그것참, 신기한 일이 많이 벌어지는 세상이군.'

소마왕으로 태어난 것이 불만이긴 해도 전생보다 확실히 흥미진진한 일이 많은 건 분명했다. 그러다 샤크의 두 눈이 돌연 커졌다.

'저자는?'

그러고 보니 소녀의 아빠라는 사내의 뒷모습이 왠지 낯익었다.

"끙차! 헛둘! 헛둘! 이야아앗!"

달빛이 밝은 숲에서 웬 우람한 덩치의 사내가 땀을 뻘뻘 흘리며 체력 단련을 하고 있었다. 완벽한 역삼각형의 근육질 상체. 군살이라고는 하나도 찾아보기 힘들 정도였다.

'훌륭한 몸이로군. 수련을 정말 열심히 한 몸이야.'

샤크는 감탄했다. 물론 전생의 그의 몸은 저보다 더 완벽했다. 지금은 말할 것도 없지만.

"누구냐?"

그때 누군가 자신의 뒤에 나타난 것을 보고 사내가 흠칫 놀라더니 고개를 돌렸다. 붉은 머리카락이 유독 돋보이는 사내의 얼굴은 남자답게 선이 굵고 강인해 보였다. 짙은 눈썹에 부리부리한 눈, 우뚝 솟은 코와 두툼한 입술까지!

그런데 그의 부리부리한 두 눈이 휘둥그레 떠진 채로 앞쪽을 노려보고 있었다. 그의 앞에는 두 명의 인물이 서 있었는데 하나는 그의 철없는 딸 비니안이었고, 다른 하나는 정체불명의 노인이었다.

'어디서 봤더라?'

사내는 고개를 갸웃했다. 처음 보는 노인이 분명한데 이상하게 낯이 익었기 때문이다. 겉보기엔 제법 그럴듯한 풍모를 가지고 있지만 왠지 음침해 보이는 기분 나쁜 미소가 무척 안 들었다.

'아니, 그러고 보니 저놈은?'

사내는 두 눈을 부릅뜨고 다시 노인을 노려봤다. 틀림없었다. 어젯밤 꿈속에서 봤던 그 노인!

그렇다. 사내는 다름 아닌 붉은 숲의 검사 라우벤이었다.

그는 어젯밤 매우 이상한 꿈을 꾼 터였다. 꿈속에서 온갖 마물들이 그를 향해 달려들었고, 그는 그것들을 대검으로 마구 해치웠다. 그것 자체는 매우 신이 났지만, 마지막에 매우 마음에 안 드는 노인 하나를 해치우지 못하고 깨어나는 바람에 아쉽기 짝이 없었다.

그런데 그 노인이 현실에 나타나다니. 그것도 딸 비니안과 함께. 그로서는 지금 상황이 잘 이해가 되지 않았다.

"비니안, 저 노인은 누구냐?"

비니안은 아주 태연하게 대답했다.

"마왕이에요."

"그래."

"놀라지 않는군요. 믿기지 않나요?"

"믿고는 싶다만, 글쎄다."

"글쎄가 아니라 진짜 마왕이라고요. 호호! 아빠 이제 큰일 났어요. 꼼짝없이 한 달은 갇혀 있어야 할걸요."

"그럴 일은 없을 거고, 너야말로 한 달은 갇혀 있어야 정신을 차리겠구나. 아무래도 좀 많이 혼나야겠다, 비니안."

"흥! 천만에요. 아빠야말로 지금 상황이 어떻게 돌아가는지 전혀 모르는군요."

비니안은 여전히 지금이 꿈인지 현실인지 자각하지 못했다. 그저 마왕을 만났고, 마왕이 자신의 소원을 들어준다는 것에 철없이 기뻐할 뿐이었다.

라우벤이 그런 그녀를 쳐다보더니 한숨을 내쉬었다.

"그러니까 네가 저 노인에게 날 가둬 놓으라고 의뢰한 거냐?"

"노인이 아니라 마왕이라고 몇 번을 말해요."

"알았다. 일단 마왕이라고 쳐두지."

라우벤은 시큰둥한 표정으로 노인을 다시 쳐다보다 픽 웃었다. 마왕이라니, 어디 저따위 녀석이 마왕이란 말이냐? 처음에는 농담인 줄 알았는데 딸 비니안의 표정은 매우 진지했다. 설마 정말로 저 기분 나쁜 인상을 가진 노인을 마왕으로 착각하고 있는 건가?

터억.

라우벤은 나무 기둥에 기대 놓은 대검을 쥐어 들었다. 어쨌든 아무리 봐도 마왕은 아니지만 왠지 기분 나쁜 저 노인을 그대로 둘 수는 없으니까.

"큭, 같잖은 놈 같으니! 네놈이 마왕이건 마물이건 나는 모른다. 확실한 건 살아서 돌아갈 생각은 하지 말라는 거다."
 대검을 번쩍 들고 크라케를 향해 걸어오는 라우벤의 두 눈에서 섬뜩하기 이를 데 없는 안광이 폭사되었다.

Chapter 8

붉은 숲의 불청객

"……."

 노인, 크라케의 표정이 일그러졌다. 방금 전 몽환의 우물이 가진 신비한 능력으로 비니안의 꿈에서 이곳 현실 세계로 차원 이동할 때까지만 해도 그는 매우 득의만만했다. 이미 이런 일을 수백 번도 더 경험했고, 또한 지금껏 계약자의 부탁을 이뤄 주지 못한 적이 없었으니까.

 계약자의 부탁이 실현되는 순간 그는 보상으로 계약자의 영혼을 받게 되고, 그 영혼을 이용해 추후 마물 숲으로 귀환이 가능해진다. 물론 가기 전에 수많은 인간들을 잡아먹고 그들의 영혼을 챙기겠지만.

그런데 만일 그 조건이 이루어지지 못한다면 아주 곤란한 상황이 벌어지게 된다. 오직 계약자의 영혼을 통해서만 몽환의 우물이 있는 곳으로 돌아갈 수 있기 때문이다.

　물론 비니안을 강제로 잡아먹고 그녀의 영혼을 강취할 수도 있지만, 그것은 몽환의 우물이 가진 차원력에 아무런 영향도 미치지 못한다.

　몽환의 우물이 왜 마물 숲에 존재하겠는가? 비록 생체를 가진 존재는 아니지만 그 또한 마물의 일종이었다. 그것이 불가사의한 차원력을 발휘하는 데는 그만한 대가가 필요하고, 그것은 바로 계약자의 영혼인 것이다. 계약이 충실히 이행된.

　계약은 어떤 것이든 상관없다. 이를테면 개미 하나를 죽여 달라는 손쉬운 부탁이라 해도 그것이 계약자의 소원이기만 하면 말이다.

　그러다 보니 크라케로서는 그저 철없는 흑마법사 지망생 비니안의 아빠를 잠시 가둬 두기만 하는 것쯤은 손 안 대고 코 푸는 일처럼 수월하게 느껴졌다. 그래서 흔쾌히 승낙하고 이곳으로 온 것이었는데.

　'으으! 저놈은? 왜 하필 저놈이!'

　크라케는 지금 상황이 어이가 없다 못해 기가 막혔다. 어찌 우연도 이런 우연이 겹칠 수가 있다는 말인가. 설마 붉은 숲의 검사 라우벤이라는 놈이 비니안의 아빠일 줄이야. 그는 크라케가 본체로 돌아간다 해도 도저히 대적할 만한 존재가 아니었다.

그때 라우벤이 대검을 머리 위로 번쩍 쳐든 채 성큼성큼 다가왔다. 비니안이 다급히 외쳤다.

"마왕님, 뭐 해요? 아빠가 검을 휘두르기 전에 어서 아빠를 꼼짝 못 하게 결박하고 가둬야죠. 후후, 당신은 마왕이니까 아빠를 한 달쯤 바깥으로 나오지 못하게 만드는 결계를 펼치는 일쯤은 아주 쉬운 일이겠죠?"

비니안은 크라케가 당연히 아빠 라우벤을 제압해 가둘 수 있으리라 믿었다. 왜냐면 그는 마왕이니까. 마왕이 그 정도도 못 한다면 어찌 마왕이라고 할 수 있겠는가.

그러나 그녀가 철석같이 믿고 있는 마왕은 지금 혼이 반쯤 날아간 상태였다. 크라케는 이제 자신이 몽환의 우물이 있는 그의 안전한 은신처로 돌아가는 것은 꿈도 못 꿀 일일 뿐만 아니라 지금 당장 살아나는 것 자체도 쉽지 않은 일임을 직감했다. 그에 뒷걸음질 치며 최대한 사람 좋은 표정을 지어 보였다.

"허헛! 허허허허! 그러고 보니 뭔가 크게 오해가 있는 듯하군요."

"오해? 내가 뭘 오해한다는 거냐?"

라우벤이 무슨 헛소리냐는 듯 인상을 쓰며 물었다. 여차하면 그의 대검이 크라케를 반쪽 낼 기세였다. 크라케는 다급히 다시 외쳤다.

 "허헛! 아시다시피 난 마왕이 아닙니다. 그냥 지나가는 여행객일 뿐입니다. 이름은 크라케라고 하지요."

 "여행객?"

 "그렇습니다. 그런데 이 소녀가 험한 숲에서 혼자 걷고 있기에 보호해 주려고 잠시 뒤따랐던 것이지요. 이제 아빠를 찾았으니 안심이군요. 허허헛!"

 크라케는 어색하게 웃으면서 내심 침을 꿀꺽 삼켰다. 그 스스로 말을 하면서도 상당히 말이 안 된다는 느낌을 받을 정도였다. 그래도 어쩌겠는가. 그렇다고 자신이 최상급 마물이며 몽환의 우물을 타고 이 세계로 차원 이동해 왔다는 사실을 말할 수는 없는 일이니 말이다.

 순간 옆에서 듣고 있던 비니안이 펄쩍 뛰었다.

 "무슨 소리예요? 당신은 분명 마왕이라고 했어요. 그래서 난 당신에게 영혼을 바치고, 그럼 장차 최고의 흑마법사가 될 수 있게 해준다고 했잖아요."

 "뭐, 뭣이! 영혼을 바쳐?"

 비니안의 말에 라우벤의 인상이 더 이상 험악해질 수 없을 만큼 일그러졌다. 크라케는 양손을 절레절레 흔들며 말했다.

"허허헛! 애야, 나는 무슨 얘기를 하는지 통 모르겠구나. 대체 마왕이라니, 그게 무슨 말이냐? 어딜 봐서 내가 마왕 같다는 것이냐? 혹시 꿈이라도 꾼 건 아닌지 잘 생각해 보아라."

꿈이라는 말에 비니안은 순간 고개를 갸웃했다. 그러고 보니 그녀는 이전부터 황당무계한 꿈을 잘 꿨다. 그 사실은 라우벤 역시 잘 알고 있는 터라 그는 일순 멍해졌다.

"뭐야, 누구 말이 맞는 거지? 비니안, 너 정말 꿈이라도 꾼 것이냐?"

비니안도 초조해졌다. 그녀는 어느덧 자신이 이상한 꿈을 꾸었고, 지금은 꿈에서 깨어난 현실임을 자각하는 중이었다.

'하지만……'

뭔가 머리가 복잡했다. 그렇다면 대체 왜 꿈속에서 봤던 마왕이 이곳에 있는 것이고, 그는 왜 이리 무력한 모습을 보이는 것일까? 그녀는 떼를 쓰듯 외쳤다.

"마왕님! 지금 뭐 하고 있나요? 빨리 당신의 능력을 보여 봐요. 마왕으로서의 강한 능력 말이에요."

크라케는 억울하다는 표정을 지어 보였다.

"나는 정말 뭔 말인지 모르겠구나. 마왕이라니……."

"이봐요, 당신! 정말 마왕 아닌가요? 우리 아빠가 강해 보이니까 이제 와서 발뺌하려는 걸 보니 역시 마왕이 아니었군요. 하긴, 마왕이라면 이럴 리 없지. 흥! 기막혀, 정말. 아무튼 내 영혼을 바치겠다는 계약은 취소예요."

계약 취소라니, 그건 이미 끝난 얘기다. 그 계약을 했기에 크라케가 이곳으로 차원 이동을 할 수 있었으니까. 다만 그 계약의 조건을 이행하지 못하기에 영원히 이 상태로 남아 있어야 하겠지만.

비니안이 심히 억울하고 화난 표정을 지었지만 크라케야말로 속으로 복장이 터져 죽을 지경이었다. 그는 이 이름도 모르는 낯선 세계에 갇혀 버린 것이나 마찬가지였다.

"허어! 내가 언제 마왕이라고 했단 말이냐. 나는 네가 길을 잃고 있기에 안전한 장소로 데려다 주려고 했을 뿐이란다. 그리고 마왕이라니? 허허허! 세상에 마왕이 어디 있다는 말이냐?"

"닥쳐! 마왕은 있어요. 정말 있다고요!"

비니안은 씩씩거렸다. 그러던 그녀의 시선이 문득 한 곳으로 향했다. 수풀 사이로 낯선 청년 하나가 저벅저벅 걸어 나오고 있었던 것이다.

"……!"

건장한 체격! 그의 신장은 비니안의 아빠인 라우벤 못지

않게 컸다. 사타구니가 있는 부분만 알 수 없는 재질의 짧은 천으로 두르고 대부분 전신을 드러낸 상태였는데, 그야말로 매끈하면서도 완벽한 근육질의 이상적인 표본이랄까? 그저 보는 것만으로도 눈이 부셨다.

흑발 아래 조각같이 균형 잡힌 이목구비. 특히 투명하면서도 은은한 붉은빛을 띠는 홍채는 신비롭기까지 했다. 과연 인간이 맞을까 의심이 들 정도로.

"아, 멋져!"

비니안은 청년의 신비로운 외모에 놀라 탄성을 질렀다. 그런데 그것뿐이 아니었다. 그로부터 풍겨나는 강인한 기운은 그녀가 생각하기에 세상에서 마왕을 빼고 가장 강하다고 생각하는 아빠 라우벤 못지않았다.

'와아! 정말 완벽한 남자야. 세상에 저런 사람이 있다니.'

비니안 역시 상당한 미모를 가진 소녀였다. 그런데 청년은 그 콧대 높은 비니안의 마음을 한눈에 빼앗아 버렸다.

한편, 멍한 표정으로 청년을 쳐다보는 이는 비니안뿐만이 아니었다. 붉은 숲의 전사 라우벤과 그 앞에서 노인의 모습으로 궁색한 변명을 하고 있는 최상급 마물 크라케도 갑자기 자신들을 향해 무슨 산책이라도 하듯 느긋하게 걸어오는 청년을 보고 어안이 벙벙한 터였다.

특히 라우벤은 매우 기분이 좋지 않았다.
'꽤 유난스러운 날이군. 오늘만 불청객이 둘이라니.'
사실 이 숲은 그의 사유지였다. 외부인은 들어올 수 없도록 숲의 외곽 곳곳에 출입 금지라는 팻말을 붙여 놓았다.
그는 이 숲을 사들이느라 전 재산을 쓴 터라, 현재 남은 재산이 거의 없다고 봐야 했다. 이 숲에서 나는 각종 소산물들로 딸 비니안과 근근이 먹고살고 있을 뿐이었다.
그런데 세상의 이기적이고 추악한 행태가 싫어 딸과 함께 이 숲에서만 조용히 살고 있는 그 앞에 정체불명의 불청객이 둘이나 찾아왔으니 그의 심기가 어찌 편하겠는가.
아는 사람들은 다 안다. 이 숲 외곽에 출입 금지라는 팻말이 없다 해도 절대 들어와서는 안 된다는 것을!
다름 아닌 붉은 숲의 검사 라우벤이 바로 이곳에 있기 때문이다.
붉은 숲!
그것은 곧 피의 숲을 의미한다. 그가 검을 휘두르는 순간 평범한 숲이 피에 젖어 붉게 변한다는 데서 붉은 숲의 검사라 불리게 되었으니까.
그런 만큼 지난 5년여의 시간 동안 그 누구도 이 숲에 들어오지 못했다. 본래 이 숲을 소유하고 있던 먼터 왕국의 오마다 백작도 마찬가지였다. 그는 라우벤이 거하고 있는 이 숲을 금역으로 선포해 아무도 접근하지 못하게 했을 정도였다.

심지어 라우벤의 숲과 오마다 백작의 영지 사이에는 곳곳에 초소가 설치되어 있었고, 경비병들이 엄중한 경계를 서고 있었다. 물론 그것은 숲을 경계하기 위함이 아니라 누구도 이 숲에 들어가지 못하게 하기 위함이었다.

따라서 라우벤이 생각할 때 노인 크라케가 여행객으로 이 숲에 들어왔다가 비니안을 발견하고 뒤따라왔다는 말은 궁색한 변명조차 되지 않는 개소리에 불과했다.

크라케가 분명히 좋지 못한 목적으로 들어왔다가 발뺌하고 있음을 라우벤은 충분히 짐작했다. 그래서 더 볼 것 없이 단번에 해치워 버리려 했는데, 갑자기 웬 정체불명의 청년이 나타난 것이다.

"자넨 또 누군가?"

물론 그 청년은 다름 아닌 샤크였다. 그는 잠시 상황을 지켜보다 안 되겠다 싶어 나섰다. 만일 저 무식한 대검을 쥔 검사 라우벤에게 크라케가 죽임을 당할 경우, 샤크 역시 본래 있던 마물 숲으로 돌아갈 길이 막막해지기 때문이다.

그러나 다시 생각해 보니 굳이 돌아가지 않아도 상관이 없을 듯싶었다. 사악한 마물들이 득실거리는 마물 숲보다는 인간들이 살고 있는 이곳 세계가 그가 지내기에는 훨씬 편할 테니 말이다.

다만 한 가지 아까운 것이 있다면, 그동안 공들여서 키워 놓은 마물 부하 카치카들이었다. 마교 십대 마공 중 하나인 혈왕마겁수에 매우 쓸 만한 합격진인 칠마진까지 가르쳐 놓았는데, 이대로 두 번 다시 볼 수 없다면 심히 어이없는 일인 것이다.

"이봐, 귀가 먹었나? 자네가 누구냐고 묻지 않았나?"

라우벤이 굵은 눈썹을 꿈틀거리며 샤크를 노려봤다. 그는 이미 크라케 따위는 안중에도 두지 않았다. 그보다 새로 나타난 청년으로부터 풍기는 기세가 심상치 않자 내심 긴장한 터였다.

'보통 놈이 아니다. 어디서 저런 놈이?'

라우벤은 숱한 실전을 겪은 전사 중의 전사다. 그런 만큼 싸워 보지 않아도 상대를 가늠할 수 있었다. 그저 느낌만으로도 샤크가 만만치 않은 존재임을 간파한 것이다.

샤크 역시 무척 고무된 터였다. 카치카 부하 21마리가 각각 3개의 칠마진을 펼쳐 그를 공격해 올 때도 느끼지 못했던 긴장감이 라우벤과 가까워지는 순간 엄습해 왔으니까.

라우벤은 그만큼 강자였다. 현재 샤크가 전력을 다한다 해도 쉽사리 이길 거라 자신할 수 없을 정도로 말이다. 아까도 만일 라우벤과 멀리 떨어져 있는 상태가 아니었다면 샤크의 무극무영신은 금세 간파되고 말았을 것이다.

물론 전생의 광협 백룡에 비한다면 라우벤은 그저 애송이에 불과했다. 하지만 현재 샤크의 실력은 당시의 수십 분의 일도 되지 못하니까.

무엇보다 무극지기의 양이 절대 부족했다. 그나마 카치카들을 활용해 수련을 해왔기에 이만큼이라도 되었지, 그렇지 않고 그저 자연스레 무극지기가 쌓이기만을 기다렸다면 아직 그는 최상급 마물 하나도 쉽사리 상대하기 힘들었을 것이다.

따라서 크라케를 붙잡아 몇 가지 물어보는 용무도 중요했지만, 샤크로서는 모처럼 강해질 수 있는 기회 또한 놓치고 싶지 않았다. 라우벤과 더불어 한동안 결투를 벌이다 보면 그의 무극지기는 급증할 것이다.

아니, 오히려 이게 더 중요하다. 강해져야 하기에!

샤크는 더 이상 긴장감이 느껴지지 않을 때까지 라우벤과 결투를 벌일 심산에 짐짓 거만한 자세로 그를 도발해 보았다.

"내 이름은 샤크라 한다. 붉은 숲의 검사 라우벤! 너는 왜 남의 노예를 핍박하는 건가?"

샤크의 말에 라우벤, 비니안, 크라케 모두 황당한 표정을 지었다.

"노예? 그럼 이놈이 너의 노예라는 말이냐?"

라우벤이 되묻자 샤크는 당연하다는 듯 고개를 끄덕였다. 그리고는 크라케를 험상궂은 눈빛으로 노려봤다.

"크라케! 이리 오너라."

정말로 주인이 하인에게 하는 말투였다. 그런데 샤크와 두 눈이 마주치는 순간, 크라케는 정신이 하얗게 비는 듯한 충격을 받았다.

'크으으! 이, 이 느낌은!'

그의 심장이 출렁 내려앉아 버리는 것 같은 섬뜩한 이 기분. 이것은 인간이라면 느낄 수 없는 것이다. 오직 마물만이 느낄 수 있는 포식자에 대한 공포였다.

'저자가 대체 누구이기에!'

크라케는 흠칫 몸을 떨었다. 마물 숲 최강의 포식자인 그를 두렵게 만드는 포식자라면, 설마 마족?

틀림없었다. 크라케는 샤크가 적어도 중급 이상의 마족일 것이라 확신했다. 고작 하급 마족 정도가 자신을 이렇게 두려워 떨게 만들 만큼 강력한 포식자의 위압을 보여 줄 수는 없기 때문이다.

"당장 오라 했다! 내가 갈까?"

그때 샤크가 신경질적으로 외쳤다. 크라케는 움찔하더니

후다닥 달려갔다. 그로서는 샤크가 무척 두려웠지만, 그래도 마족이라는 생각에 한 가닥 희망이 생겼다.

저 무식한 인간 검사인 라우벤에게 개죽임을 당하느니, 차라리 마족의 권속이 되어 안전을 도모하는 것이 나을 것 같다는 판단에서였다. 어떻게 이 숲에서 마족이 튀어나온 것인지는 알 수 없지만, 그로서는 생의 희망을 찾은 것이나 다름없었다. 동시에 마족을 이용해 라우벤을 한 달 이상 가둬 놓을 수만 있다면 몽환의 우물이 있는 마물 숲으로 돌아갈 수 있을 것이란 기대도 생겨났다.

따라서 그는 이 생소한 얼굴의 마족이 자신을 노예 취급한다 해도 그리 기분 나쁘게 생각하지 않았다. 다른 모든 걸 떠나서 마족이란 원래 마물보다 상위 존재이며 지배자들이니 이는 당연한 일이라 할 수 있었다.

"부, 부르셨습니까요, 로드."

크라케가 달려오자 샤크는 대뜸 그의 안면에 주먹을 꽂아 넣었다.

"넌 좀 맞아야겠다."

퍼억!

강철 같은 주먹에 얻어맞은 크라케의 몸이 뒤로 꼴사납게 넘어갔다.

"쿠으윽! 이, 이게 웬?"

단 한 대를 맞았을 뿐이건만, 크라케는 정신이 아득해질 만큼 강렬한 고통을 맛보았다. 대체 무엇 때문에? 화가 나려 했지만 화를 낼 겨를도 없었다. 그가 비틀거리며 일어나는 앞으로 샤크가 번쩍 다가와 다시 주먹을 휘둘렀기 때문이다.

"일단 좀 맞고 시작하자."

퍽! 퍼퍼퍼퍽! 쿠직! 팍팍팍―

그야말로 바람처럼 몰아치는 주먹과 발이 크라케의 전신 구석구석으로 내리꽂혔다.

"쿠악! 캑! 쿠어억! 대체…… 캑! 왜 이러…… 쿠아악!"

크라케는 정신없이 맞았다. 처음에는 억울했지만 그 다음부터는 억울하지도 않았다. 억울하다는 생각보다는 빨리 이 끔찍한 구타가 끝나기만을 바랄 뿐이었다.

퍼퍼퍽! 슈슉! 팍팍팍!

쓰러지면 일으켜 세워 주먹으로 후려갈기고, 넘어가면 발로 사정없이 밟은 후 다시 또 일으켜서 후려친다. 이것의 무한 반복이었다.

어디서나 그렇듯 불구경이나 싸움 구경처럼 신이 나는 것은 없다. 자신이 맞는 것은 고통스럽지만 남이 맞는 걸 구경하는 것은 흥미로운 일인 것이다.

그러나 그것도 어느 정도지, 갑자기 웬 구타인가 싶어 흥미진진하게 지켜보던 라우벤과 비니안의 표정도 점차 굳어졌다.
 '쯧! 저러다 완전 사람 잡겠군.'
 '으으! 저게 대체 인간이야? 저런 야만스러운 자가 있다니!'
 사람 때려 본 걸로 치면 어디 가도 뒤지지 않을 자신이 있던 라우벤도 치가 떨렸다. 비니안의 안색은 새파랗다 못해 기절하기 직전이었다. 아까는 샤크의 외모에 반했지만 지금 그따위 생각은 별나라로 보낸 지 오래였다.
 '끄, 끔찍해! 저자와 살다간 매일 맞을지도 몰라.'
 그런 한편으로, 여전히 샤크의 우람하고 매끈한 근육과 팔뚝에 솟은 힘줄들을 보며 은근히 가슴 설레는 비니안이었다.
 '하긴, 난 다르잖아. 설마 나처럼 예쁜 소녀를 때리겠어?'
 비니안은 크라케라는 자가 그의 주인인 저 청년에게 무척 맞을 짓을 했으리라 생각했다. 그래서 맞는 것이고, 자신처럼 예쁜 소녀는 절대로 맞을 리 없을 것이라는 근거 없는 확신에 불탔다.
 그러다 보니 이제 비니안은 샤크가 크라케를 때리는 모습도 왠지 멋지게 느껴졌다. 잠시도 쉬지 않고, 심지어 비명 소리도 나오지 못하도록 무자비한 연격을 가하는 그의 구타는 그야말로 예술에 가까웠다.

'어쩜 저렇게 멋있게 때릴 수 있을까?'

그렇게 가슴을 두근거리며 구타 장면을 지켜보고 있는 비니안과 달리 라우벤은 쩍 벌어진 입을 다물 줄 몰랐다.

'허! 저렇게 때리는 방법도 있는 건가? 저런 살벌한 방법이 있는 줄은 몰랐군.'

처음에는 흥미진진했다가 잠시 후에는 치가 떨렸다. 그러나 이제는 샤크의 구타 방식을 보고 감탄을 하며 배우는 중이었다. 그로서도 생각해 보지 않은 기상천외한 방법이 한두 개가 아니었던 것이다.

횤!

그때 샤크가 그야말로 곤죽이 되어 버린 크라케의 머리채를 들어 올리며 험상궂은 눈빛으로 쏘아봤다.

"내가 가장 싫어하는 것이 뭔지 아느냐?"

"……."

크라케는 더 이상 맞아도 맞는 것 같은 느낌이 없었다. 그의 몸은 만신창이가 되어 버렸고, 정신줄도 9할쯤은 놓아 버린 것 같았다. 그나마 남아 있는 1할의 정신줄마저 공포에 장악되어 있을 뿐.

따라서 샤크가 질문을 했음에도 크라케는 아무런 대답도

하지 못하고 눈만 끔뻑끔뻑했다.
 샤크가 차갑게 웃으며 나직이 말했다.
 "그건 배신이다. 무슨 말인지 알았느냐?"
 크라케는 황급히 고개를 끄덕였다. 아무리 정신이 날아갔어도 어찌 샤크가 하는 말의 뜻을 모르겠는가. 그러니까 지금 그는 샤크의 권속이 됨과 동시에 일종의 경고를 당한 것이었다. 배신하면 죽는다는.
 크라케의 몸이 부르르 떨렸다. 배신은 전혀 생각도 안 했다. 이제 막 그의 권속이 되었는데 그런 생각을 할 틈이 어디 있었겠는가? 그런데 경고가 이 정도면 실제 배신했을 경우 어떤 사태를 당하게 될까? 크라케는 생각만 해도 소름이 끼쳤다.
 "크, 크으으! 제…… 몸이 가루로 변하는 한이 있어도 배, 배신은 저, 절대 없을 것이옵니다……."
 그는 최대한 충성스러운 표정을 지으며 말하다 결국 혼절했다. 하지만 샤크는 그 어떤 동정 어린 눈빛도 짓지 않았다.
 본래라면 마땅히 죽였어야 할 마물에 불과했다. 그동안 크라케가 죽인 인간의 숫자가 얼마이며, 먹어 치운 영혼이 얼마나 많을 것인가?
 그런 그를 살려 준 건 결코 불쌍해서가 아니었다. 잠시 이용 가치가 있어 권속으로 삼았을 뿐이다. 특히 카치카들에 비해 몇 배 비열한 심성을 가진 터라 구타의 강도를 높여 정신교육을 실시했던 것이다.

마물에게는 다른 교육 방법이 필요 없다. 오직 매가 약이다. 인간이라면 그래도 간혹 매가 아닌 말로써 하는 훈계가 통할 때도 있지만, 마물은 오직 힘과 공포 앞에 굴종하는 존재이니 쓸데없이 말로 힘을 낭비할 필요가 없었다.

슥.

샤크는 혼절한 크라케를 무심히 노려보다 고개를 돌려 라우벤과 비니안을 쳐다봤다.

흠칫.

차갑기 이를 데 없는 샤크의 눈빛과 마주친 라우벤의 얼굴에 긴장감이 어렸지만 비니안은 뭔가 기대감이 가득한 표정이었다. 그러나 그녀를 보는 샤크의 인상은 험악하기 그지없었다.

"다음은 너야! 너도 좀 맞아야겠다."

"네?"

샤크가 비니안을 지목하며 좀 맞아야겠다고 말하자 그녀는 가슴이 철렁 내려앉았다.

"내, 내가 왜요?"

비니안은 움찔 놀라며 재빨리 라우벤의 등 뒤로 숨었다.

라우벤이 인상을 구기더니 대검을 앞으로 찌르듯 겨눴다.

"건방진 놈! 감히 무슨 일로 내 딸을 때리겠다는 거냐? 그 전에 네놈의 목부터 조심하는 게 좋을 것이다."

분노한 라우벤의 음성이 우레 치듯 쩌렁쩌렁 울렸다. 샤크는 담담히 라우벤을 쏘아보며 말했다.

"뭐부터 설명해야 될지 모르겠군. 일단 저기 쓰러져 있는 놈은 크라케라는 인간으로, 마왕병이 심한 놈이지."

"마왕병? 그런 병도 있나?"

"물론이야. 간혹 자신이 마왕이라고 착각하고, 또 그렇게 행동하는 놈들이 제법 있거든. 마왕 흉내를 내며 순진한 사람들에게 사기를 치기도 하지."

그 말에 라우벤의 뒤에 있던 비니안이 맞장구를 쳤다.

"맞아요. 저자는 분명 자신이 마왕이라고 했어요. 그래서 나도 마왕인 줄 알았죠. 설마 마왕병 환자인 줄 어찌 알았겠어요?"

비니안은 마치 자신이 잘했다는 듯 말했다. 라우벤은 한숨을 내쉬었고, 샤크의 안색은 더욱 싸늘해졌다. 그는 곧바로 비니안을 노려보며 말했다.

"너 역시 심각한 문제가 있음을 모르느냐? 너는 마왕에게 영혼을 팔려고 했다. 그게 첫 번째 맞을 짓이고, 두 번째는 감히 너의 부친을 배신하려 했다는 것! 이거야말로 첫 번째보다 더더욱 심하게 맞을 짓이다. 그러니 각오하도록 해라."

"닥쳐라! 비니안이 날 배신하려 했다니, 그 무슨 망발이냐?"

라우벤은 당장이라도 검을 휘두를 기세였다. 샤크는 태연히 웃으며 대답했다.

"아직 모르는가? 네 딸은 널 한 달 동안 가둬 두는 조건으로 마왕병에 빠진 저놈에게 영혼을 팔려 했다. 대체 뭣 때문에 그런 미친 생각을 했는지는 모르지만, 그건 명백히 배신이다. 그것도 세상에서 가장 추악한 배신이지."

"으음."

"생각해 보라. 세상에 딸이 아빠를 배신하는 경우가 어디 있단 말인가? 애초부터 싹수가 노란 녀석이다. 사람 되기는 힘들다는 말이지. 사람이 못 될 바에는 차라리 일찌감치 죽여 없애는 것이 어떤가?"

비니안의 안색이 다시 새파랗게 질렸다. 그녀는 공포에 질린 표정으로 라우벤을 쳐다봤다.

"아, 아빠…… 설마 날?"

라우벤은 침통한 표정으로 비니안을 노려봤다.

"너 정말로 이 아빠를 한 달 동안 가둬 달라는 부탁을 했느냐?"

"그, 그건……. 사실 그게, 그러니까…….”

비니안은 눈물을 글썽이며 말을 더듬었다. 라우벤이 호통을 쳤다.

"어서 말하지 못하느냐! 왜 그런 정신 나간 부탁을 한 것이냐?"

결국 비니안은 울음을 터뜨리며 대답했다.

"흐윽! 으아앙! 아빠가 이 숲을 나가지 못하게 하니까 그랬어요. 딱 한 달만 나가서 놀다 올 생각이었다고요. 오마다 영지에 있는 에마도 보고 싶고…….”

에마는 오마다 백작의 딸로, 5년 전 비니안이 오마다 영지에 잠시 머물렀을 때 친하게 지낸 적이 있었다. 어쨌든 비니안은 한 달 정도면 밖에 나가 실컷 놀고 올 수 있으리라 생각한 모양이었다. 라우벤은 어이가 없었다.

"비니안! 밖에 나가 봤자 좋을 것이 없다고 그렇게 말했는데 아직도 정신을 못 차렸느냐?"

"흐으윽! 이 숲은 너무 답답해요. 재미도 없고 무료해 미칠 지경이라고요. 아빤 내 마음 몰라요.”

비니안이 서럽게 울자 라우벤은 한숨을 내쉬고는 인상을 폈다.

"아무리 그래도 그렇지, 마왕에게 아빨 팔아넘기려고 한 건 큰 잘못이다. 네 영혼을 팔려 한 것도 마찬가지고. 다음에 또 그러면 혼날 줄 알아."

"흑흑! 알았어요."

"쯧! 그만 울음 그쳐라. 더 이상 혼내지 않을 테니."

"정말이죠?"

비니안은 언제 울었냐는 듯 활짝 웃으며 헤헤거렸다. 라우벤도 씩 웃었다. 두 부녀간에는 금세 화기애애한 분위기가 감돌았다. 그 모습을 샤크는 심히 못마땅하다는 표정으로 노려봤다.

"한심하군. 고작 그게 훈계인가? 다른 것도 아니고 마왕에게 영혼을 팔려 했고, 심지어 아빠를 배신하려 했던 녀석에게 말이야. 아무리 딸바보라지만 정도가 너무 심하군."

라우벤이 기분 나쁘다는 듯 샤크를 쏘아봤다.

"그럼 뭘 어쩌라는 건가? 나는 이 정도면 충분히 알아듣도록 타일렀다고 생각한다."

"그건 타이른 게 아니야. 정말로 타이르려면 제대로 눈물이 펑펑 쏟아지도록 혼을 내라. 두 번 다시 못된 생각은 못하도록 말이야. 그래야 자신이 잘못한 걸 느끼게 된다."

라우벤은 인상을 찌푸렸다.

"설마 무식하게 때리라는 말인가?"

"물론이야. 이런 말이 있다. 자고로 매로 가르친 자식은 배신을 안 해도, 오냐오냐 귀하게만 키운 자식은 부모를 배신한다고 말이야. 지금 네 꼴이 딱 그거다. 세상에 마왕에게 아빠를 팔아먹는 딸이 어디 있단 말이냐? 아무리 자식이 귀하고 예뻐도 잘못에 대해 제대로 된 훈계를 하지 않는다면 그건 자식을 망치는 것임을 알아야 한다."

"……."

샤크의 말이 뭔가 정곡을 찔렀는지 라우벤은 침통한 표정만 지을 뿐 별다른 반박을 하지 못했다. 그러고 보면 그는 비니안에게 한 번도 무섭게 혼을 내본 적이 없었다.

사랑하는 아내를 잃은 후 딸 비니안은 그의 전부였다. 그런 비니안에게 어찌 매를 들 수 있겠는가? 정말로 오냐오냐 귀하게 키웠다. 약한 바람조차 비니안을 스치지 못하게 할 정도로.

특히 숲을 벗어나지 못하게 한 것만 빼고 비니안이 원하는 건 다 들어주었다. 비니안이 금기된 마법인 흑마법을 배우고 싶다고 했을 땐 몰래 숲을 빠져나가 수단과 방법을 가리지 않고 흑마법 서적까지 구해다 주었으니까.

그러다 보니 갈수록 버릇이 나빠지는 것은 알고 있었지만 그는 모든 걸 허허 웃으며 넘겼다. 그런데 설마 오늘 같

은 일이 벌어질 줄 어찌 알았겠는가? 샤크의 말대로 오늘 비니안이 마왕과 사악한 계약을 하려 했던 것엔 라우벤의 책임이 없다 할 수 없었다.

하지만 어쩌겠는가? 그는 딸을 보면 도무지 마음이 약해져서 모질게 하지 못했다. 특히 죽은 아내가 생각나서 더더욱.

툭.

그때 샤크가 근처의 나뭇가지 하나를 꺾었다.

"역시 딸바보라 어쩔 수 없다는 건가? 비니안을 딱 하루만 내게 맡겨라. 앞으로 두 번 다시 못된 생각을 품지 못하게 해주겠다."

"까악! 아빠!"

비니안이 놀라 비명을 질렀고, 라우벤의 두 눈이 커졌다.

"네놈! 감히 지금 그걸로 내 딸을 때리겠다는 거냐?"

"물론이야. 다리가 부러지도록 맞아 보면 정신을 차릴 것이다. 뭐, 그러고도 정신을 차리지 못하면 싹수가 노라니 없애 버려야겠지."

샤크는 나뭇가지를 만지작거리며 의미심장하게 웃었다. 순간 라우벤의 두 눈에 불꽃이 튀었다. 그는 대검을 앞으로 번쩍 내밀며 외쳤다.

"닥쳐라! 내 눈에 흙이 들어가기 전에는 그 누구도 내 딸의 털끝 하나도 건들지 못한다."

"흑! 아빠…… 제발 절 지켜 주세요. 저자에게 맞으면 전 죽을지도 몰라요. 으아앙!"

비니안은 샤크가 자신을 때릴까 봐 두려워 벌벌 떨었다. 그녀의 애처로운 모습에 라우벤은 더더욱 분기탱천한 눈빛으로 샤크를 노려봤다.

"용서 못 한다. 사악한 놈!"

"큭! 좋아. 그렇다면 어디 날 막아 보아라. 날 막지 못하면 네 딸은 호된 훈계를 당하게 될 것이다."

"절대로 그런 일은 벌어지지 않는다. 그 전에 네놈의 목이 바닥으로 나뒹굴 테니 말이야."

라우벤이 쥐고 있는 대검의 검신에서 곧바로 남빛의 오러가 광채를 발했다.

츠으으으읏!

검강(劍罡)!

이곳 세계에서는 오러 블레이드라고 불린다. 소드 마스터라 불리는 이들만 펼칠 수 있다는 검의 궁극 경지였다.

물론 샤크에겐 가소롭기 그지없는 경지일 뿐이다. 이미 그는 검강을 펼칠 수 있을 뿐 아니라 그의 검강은 라우벤의 대검을 화염처럼 휩싸고 있는 검강에 비할 수 없이 완성된 형태였다.

'기의 흐름을 제대로 통제하지 못해 쓸데없이 요란한 광채를 발하는군.'

샤크의 오른손이 검의 형태로 변했고, 그 검신에 은은한 백색 강기가 맺혔다. 언뜻 보면 평범한 검기처럼 보일 정도로 별다른 광채를 발하지 않았다.

'헉! 어찌 손이 검으로? 그보다 저것은?'

라우벤은 샤크의 오른손이 검으로 변했을 뿐 아니라 검신에 은은한 오러 블레이드가 생성된 것을 보고는 놀랐다.

그가 어찌 모르겠는가. 그토록 응축되면서도 절제된 오러 블레이드를 펼치는 것이 더욱 어렵다는 사실을. 그러나 그는 이내 비릿한 미소를 지으며 대검을 내리찍었다.

"크흐흐! 어디 막아 봐라, 애송이 놈!"

쒸이이익!

오러를 응축시키는 경지는 샤크가 뛰어나다지만, 라우벤은 무기에 있어 훨씬 유리했다. 그의 대검! 그것은 고대 먼터 왕국의 전설적인 장인이 만든 보검이었기 때문이다.

카앙!

"으윽!"

과연 보검의 위력 때문인가? 샤크는 충격을 이기지 못하고 뒤로 밀려 나가떨어졌다. 곧바로 벌떡 일어난 샤크의 입가로 피가 살짝 새어 나왔다.

"후후, 제법 쓸 만한 검을 가지고 있군."

라우벤은 자신이 전력을 다해 휘두른 공격을 받고도 샤크가 별다른 충격을 입지 않고 벌떡 일어난 것에 놀랐다. 그는 지체 없이 샤크를 향해 달려들었다.

"크흐흐! 이 검을 알아봤다면 네가 곧 죽을 것도 알고 있겠구나."

쒸익! 쒸이익!

라우벤은 작정하고 끝장을 내려는지 그야말로 미친 듯이 대검을 휘둘렀다. 그 속도가 워낙 빨라서 동시에 수십 개의 거대한 검영들이 샤크가 있던 공간을 갈기갈기 찢어 버리는 듯했다.

쒸쉭-! 스파파파팟-

카강! 카카카캉! 채채앵!

샤크는 정신없이 그것들을 막아 냈다. 그의 어깨와 옆구리, 팔뚝에서 연신 핏방울이 솟구쳤지만 그의 안색은 희열에 불탔다.

'좋아, 바로 이거야.'

이 팽팽한 긴장감! 샤크는 바로 이것을 끌어내기 위해 라우벤을 심하게 도발했다. 그가 최대로 분노하여 전력을 다하도록.

"빌어먹을! 죽엇! 죽어랏!"

라우벤은 샤크가 반격할 틈을 주지 않았다. 이는 비슷한 호적수나 혹은 자신보다 강해 보이는 적을 만났을 때 보이는 그의 공격 방식이었다.

상대가 정신을 차리지 못하도록 몰아붙여야 승산이 있다. 그것이 그가 숱한 전장에서 살아남을 수 있었던 요령이기도 했다.

그러나 샤크는 그보다 더욱 노련한 절대 고수가 아니었던가. 그는 무력하게 밀리는 듯하면서도 능숙하게 모든 공격을 막아 냈다. 뿐만 아니라 간혹 날카로운 반격을 하기도 했다.

까강! 까가가각-!

챙챙챙챙!

오러 블레이드들의 격돌로 일어난 날카로운 칼날 같은 기파들이 흩어지며 샤크와 라우벤의 피부를 스쳐 지나갔다. 둘의 몸은 만신창이라도 된 듯 온통 피투성이로 변해 버렸다.

"크득! 정말 대단하군. 나의 공격을 이토록 받아 낸 자는 없었다."

라우벤은 이를 갈면서도 감탄을 금치 못했다. 동시에 샤크의 정체가 궁금했다. 아무리 봐도 샤크는 자신보다 어려 보이는데 대체 어디서 이런 괴물이 튀어나온 건지 의문이었던 것이다.

샤크는 싸늘한 미소로 대답했다.

"이 정도로 놀라기는 이르다. 앞으로 더욱 놀라게 될 테니까."

"제기랄! 재수 없는 놈! 자신만만하구나. 어디 이것도 받아 봐라."

순간 라우벤의 몸이 흐릿해지더니 그의 몸이 두 개로 분화되는 것이 아닌가? 하나는 그의 그림자에 불과했지만 놀랍게도 둘 중 누가 진짜 라우벤인지 분간하기 힘들 만큼 동일했다.

스스슥-

그런데 거기서 끝이 아니었다. 각각의 라우벤이 또 두 개로 늘어나더니 도합 네 명의 라우벤이 대검을 휘두르며 샤크에게 달려들었다.

"크하하하! 받아랏!"

"크흐흐! 네놈은 이제 끝이다!"

사방에서 동시에 짓쳐 들어오는 대검들의 공세! 그러나 샤크는 피식 웃더니 그것들을 무시한 채 한쪽으로 돌진했다.

"이따위 허접한 수작으로 날 속일 수 있다 생각했는가?"

그의 검이 전방을 갈랐다.

추악-!

순간 샤크를 뒤쫓던 네 명의 라우벤이 연기로 변해 흩어졌고, 샤크의 앞쪽에서 라우벤이 인상을 쓰며 나타났다. 그의 왼팔에서 피가 뚝뚝 흘러내렸다. 방금 전 샤크의 공격에 당해 부상을 입은 터였다.

"크으윽! 빌어먹을! 눈치도 빠르군. 이걸 간파해 낸 놈은 지금껏 없었는데."

라우벤의 그림자 분신술! 그것은 검술이 아닌 마법의 일종이었다. 그중 하나에 본신이 있을 것이라는 상대 심리의 허점을 노린 것이기도 했다.

그렇다면 라우벤은 마법에도 능한 것일까? 방금 전 그가 펼친 그림자 분신술은 웬만한 마법사들도 쉽게 펼치기 힘들 만큼 정교한 것이었다.

그러나 사실 그것은 그의 검에 깃들어진 마법 중 하나였다. 고대 먼터 왕국의 전설적 장인 브댈라가 만든 이 대검에는 당시 브댈라의 친우였던 마도사 다소스의 세 가지 마법이 깃들어 있었다.

그중 하나가 바로 그림자 분신술! 순간적으로 본신과 동일한 분신 네 개를 만들어 상대를 속이되, 본신은 감쪽같이 상대의 뒤쪽으로 이동해 빈틈을 노린다. 그로 인해 상대는 분신들과 더불어 전투를 벌이다 전혀 예상치 못한 위치에서 본신의 기습을 받아 쓰러지게 되는 것이다.

 이는 어찌 보면 무척 비겁한 방법이긴 했지만 생사가 오가는 전장에서 그런 건 의미가 없었다. 수단과 방법을 가리지 않고 이기는 자가 살아남는 것이 전장이니까.

 따라서 라우벤은 샤크가 호락호락한 상대가 아님을 깨닫자마자 그림자 분신술을 펼쳐 회심의 일격을 노린 것이다. 그러나 샤크는 코웃음 치며 그의 본신을 공격했다. 이에 허를 찔린 것은 오히려 라우벤이었다.

 부상을 입은 라우벤의 움직임이 둔해지자 샤크는 집요하게 그 빈틈을 파고들었다.

 카카캉! 카캉!

 전세가 뒤바뀌었다. 샤크가 일방적으로 공격했고, 라우벤은 이를 악문 채 그것을 막기 바빴다.

 "후후, 실망이군. 이 정도밖에 안 되는 건가?"

 팟! 파팟-

 샤크의 검이 번쩍이는 순간, 라우벤의 왼쪽 옆구리와 허벅지에 자상이 생겨났다. 핏줄기가 튀었고, 라우벤의 인상은 일그러졌다. 그러나 그는 그것을 무시한 채 샤크의 목을 향해 대검을 내질렀다.

 쒸이이익-

 부상을 도외시한 채 대검을 휘두르는 패기! 샤크는 잽싸게 허리를 숙여 그것을 피했다. 그리고는 뒤로 훌쩍 물러나며 외쳤다.

"오늘은 여기까지. 비실거리는 곰을 사냥하는 것은 그다지 재미가 없군. 하루의 시간을 줄 테니 체력을 회복하고 부상을 치료해라."

"닥쳐라! 오늘 여기서 끝장을 내자, 이 망할 자식아!"

샤크가 비실거리는 곰에 비유까지 하며 동정을 베풀자 자존심이 상한 라우벤은 울컥했다. 그는 죽음을 불사하고 다시 달려들 기세였다.

샤크는 어깨를 으쓱하며 말했다.

"굳이 죽기를 원한다면 그렇게 해줄 수도 있다. 하지만 네가 죽게 되면 어떤 일이 벌어질까?"

샤크는 바닥에 던져 놓은 나뭇가지를 집어 들며 의미심장한 미소를 지었다. 그의 사나운 눈빛이 멀리서 떨고 있는 비니안을 향하자 라우벤이 흠칫 놀랐다.

'저 악마 같은 놈이 모질게 매질이라도 한다면 큰일이다……'

샤크가 비니안을 매우 못마땅하게 여긴다는 것을 알고 있는 라우벤으로서는 자신이 죽은 이후를 생각하자 끔찍하지 않을 수 없었다.

자존심보다 딸이 우선이다. 그가 죽게 되면 딸 비니안은 누가 보살펴 준단 말인가? 아니, 지금은 보살피는 게 문제가 아니다. 어쩌면 샤크에게 맞아 죽는 사태가 벌어질 수도 있었다. 그가 볼 때 샤크는 그런 짓을 벌이고도 남을 위인이었다.

'절대 그런 일이 벌어져서는 안 된다.'

지금은 자존심이 문제가 아니었다. 여차하면 구차하게 빌어서라도 반드시 살아야 했다. 딸 비니안을 지키기 위해서라면 말이다. 라우벤은 인상을 쓰며 뒷걸음질 쳤다.

"조, 좋다. 내일 보자."

"현명한 판단이군. 그럼 내일을 기대하겠다."

샤크는 짐짓 섬뜩한 미소를 지어 보였다. 곧바로 그의 두 눈이 겁에 질려 있는 비니안을 향했다.

"어쩔 수 없이 네 못된 버릇은 내일 고쳐야겠구나. 이 나뭇가지는 잘 보관해 둬야겠군."

비니안이 치를 떨며 외쳤다.

"으흑! 너…… 넌 인간도 아니야! 대체 왜 날 못 때려서 안달이냐, 이 사악한 마왕아!"

인간도 아니라고? 마왕이라고? 누군가에게는 그게 욕일지 모르겠지만 샤크에게는 욕이 아니었다. 그는 인간이 아닌 소마왕이니까. 그런 그를 마왕이라고 부르는 것이 어찌 욕이겠는가.

어떻게 보면 덕담이라고 볼 수도 있었다. 어서 강한 마왕이 되라는 덕담 말이다. 물론 사악한, 이라는 말은 별로 마음에 들지 않지만.

샤크는 울면서 대드는 비니안을 향해 싸늘히 말했다.

"까불지 말고 어서 네 아빠를 치료해 주는 게 좋을 거다. 내일 맞고 싶지 않다면."

그 말에 비니안은 흠칫 놀라더니 곧바로 라우벤을 부축해 집 쪽으로 향했다. 그녀 역시 알고 있었다. 아빠 라우벤이 샤크에게 패배하면 그녀에게 어떤 불행이 벌어지게 될는지.

"아빠! 절대 저놈에게 지면 안 돼요."

"허헛! 걱정 마라. 내가 누구냐? 붉은 숲의 검사 라우벤 아니더냐?"

라우벤은 짐짓 자신만만한 표정으로 대답했다. 그러나 그와 달리 그의 안색은 무척 창백했다. 또한 지쳐 보였다. 부상도 부상이지만 오늘 자신이 밀렸다는 것에 자존심이 상한 것 같았다.

'아빠……'

비니안이 생각하기에 아빠 라우벤은 세상에서 가장 강했다. 그런데 난데없이 나타난 웬 놈에게 밀릴 줄이야. 그것은 충격이었다. 아빠가 질 수도 있다니. 항상 자신을 지켜

줄 거라 생각했던 아빠가 이토록 피를 철철 흘리며 자신의 부축을 받아야 하다니.

과연 오늘 이 큰 부상을 치료할 수 있을까? 설령 치료한다 한들 과연 내일 그 무서운 자를 이길 수 있을까? 비니안은 샤크가 정말로 마왕처럼 느껴졌다.

그녀는 아빠 라우벤을 이길 만한 존재는 전설 속의 마왕뿐이라고 생각해 왔다. 그래서 철없는 생각이긴 했지만 마왕이 나타나 아빠를 잠시만 붙잡아 두었으면 했다. 숲 바깥으로 놀러 가기 위해서.

그런데 막상 아빠가 패배한 모습을 보자 가슴이 아팠다. 신이 날 줄 알았는데, 자유롭게 숲을 벗어나 세상을 여행할 수 있을 줄 알았는데 왜 이렇게 슬픈 것일까?

'흑! 모두 나 때문이야. 내가 그 마왕의 노예를 불러들이지만 않았어도……'

그렇게 철없던 소녀 비니안은 조금씩 철이 무엇인지에 대해 알아 가고 있었다.

한편, 샤크는 그때까지 죽은 듯 혼절해 있는 크라케의 몸을 발로 툭 건드리며 싸늘히 말했다.

"그만 일어나라. 깨어 있는 거 다 알고 있으니까."

"헉!"

순간 크라케의 몸이 움찔하더니 벌떡 일어났다. 하지만 여전히 만신창이 상태라 꾸부정한 자세로 고개를 푹 숙인 채 감히 샤크를 쳐다보지도 못했다. 샤크는 인상을 구겼다.

"다 알고 있는데 엄살 피울 거냐? 또 맞고 싶은가 보군."

"아, 아닙니다."

크라케는 머쓱한 표정을 짓더니 이내 몸을 슬쩍 흔들었다. 그러자 만신창이였던 그의 몸이 금세 멀쩡하게 돌아왔다.

인간이라면 이럴 수 없지만 마물이니까 가능한 능력이다. 적당한 휴식만 취하면 부러지거나 잘려 나간 신체도 복원할 수 있었다. 특히 최상급 마물인 크라케의 복원 능력은 탁월했다.

물론 샤크 역시 마찬가지였다. 라우벤과 싸우며 입었던 작은 부상들이 그사이 아물어 금세 멀쩡한 상태로 돌아와 있었다.

마물이나 마족과 비할 수 없는 소마왕의 육신에 만상무극지체의 불가사의한 힘이 합쳐진 그의 회복 능력이 크라케보다 월등한 것은 당연했다.

샤크는 곧바로 크라케에게 궁금한 점들을 물었다.

"우리가 있던 그 숲으로 돌아갈 방법은 없는 것이냐?"

"있습니다. 그 라우벤이라는 놈을 한 달 동안 가두면 되지요."

 크라케는 즉시 대답했다. 샤크는 인상을 찌푸렸다.

 "그러면 그 비니안이라는 소녀의 영혼이 소멸되는 것 아닌가?"

 "그야 그렇습니다."

 크라케는 당연하다는 듯 말했다. 계약을 이행하게 되면 계약자의 영혼은 크라케의 권속이 되었다가 이내 제물이 되어 사라지게 된다. 그것이 마물 숲의 일루전 트레저인 몽환의 우물이 원하는 것이니까. 그리고 바로 그때야 크라케 등은 본래 있던 마물 숲의 결계로 차원 이동을 통해 귀환할 수 있게 되는 것이다.

 하지만 샤크는 고개를 흔들었다.

 '그런 짓은 할 수 없다.'

 결코 비니안을 동정해서가 아니었다. 특히나 그 계약은 다른 누군가가 그녀에게 강요한 것도 아니고, 그저 그녀가 자발적으로 원한 것이었다. 비록 철없는 소녀의 과오일지라도 어차피 자신이 한 일엔 자신이 책임을 져야 할 것이다. 그러나 설령 그렇다 해도 샤크마저 그녀의 영혼을 소모품으로 사용할 수는 없었다.

 샤크는 비록 몸은 소마왕이지만 정신만은 인간이기에 지금껏 인성을 잃지 않고 버텨 왔다. 마물들을 죽이고 권속으로 얻은 인간의 영혼들이 아무리 맛있어 보여도 절대 입에 대지 않았다.

그런데 여기서 어쩔 수 없다는 이유로 비니안의 영혼을 소모품으로 사용해 버린다면 그는 인성을 포기하게 되는 것이나 마찬가지였다. 몸도 정신도 인간이 아니면 오직 마왕으로만 존재할 수밖에 없으리라.

로아탄 카렌이 말한 대로 결국 마왕의 운명을 벗어나지 못하고 사악한 마왕이 되어 인간들에게 해악인 존재가 될 터였다.

"그거 말고 다른 방법은 없느냐?"

크라케는 고개를 갸웃했다. 그로서는 샤크가 아주 손쉬운 방법을 두고 다른 것을 찾는다는 게 잘 이해가 되지 않았다. 그가 볼 때 샤크의 능력이라면 붉은 숲의 검사인 라우벤을 한 달 정도 가두는 일쯤은 충분히 가능할 것 같았기 때문이다.

크라케가 말하기를 주저하자 샤크가 싸늘히 그를 노려보며 말했다.

"다른 방법이 없다면 어쩔 수 없지. 그렇다면 넌 그만 죽어 줘야겠다."

샤크가 크라케를 살려 준 것은 혹시라도 몽환의 우물이 있던 그 세계로 돌아갈 수 있을까 싶어서였다. 그런데 비니안의 영혼을 제물로 사용하는 것 외의 다른 방법이 전혀 없다면 굳이 돌아가고 싶은 생각은 없었다. 공들여 키운 카치카 부하들이 아깝긴 하지만 그 정도 부하들이야 마음만 먹으면 언제든지 또 만들어 낼 수 있었다. 그리고 그렇다면 처음부터 그다지 마음에 들지 않았던 크라케를 굳이 살려둘 이유도 없었다.

샤크의 말을 들은 크라케는 기겁했다. 그는 샤크가 자신을 죽이려 함을 깨닫고 다급히 외쳤다.

"잠깐! 다, 다른 방법이 있사옵니다, 로드."

"그래?"

"그렇습니다. 어느 세계이건 일루전 트레저가 존재한다고 했습니다. 만일 이곳 세계에 있는 일루전 트레저를 찾으면 마물 숲으로 귀환이 가능합니다."

"흠."

샤크 역시 일루전 트레저가 어느 세계마다 존재한다는 사실은 알고 있었다. 이미 전달자 노인에게 들었던 내용이니까.

"하지만 이 넓은 대륙에서 그걸 어떻게 찾는단 말이냐? 또한 그걸 찾는다 해도 우리가 있던 숲으로 갈 수 있다는 보장이 있느냐?"

"저, 저를 살려 주시면 반드시 방법을 찾아내겠습니다."

크라케는 필사적이었다. 샤크는 시큰둥한 표정으로 물었다.

"그렇게 살고 싶으냐?"

"꼭 살고 싶습니다. 저를 살려 주시면 여러모로 유용하실 것입니다, 로드."

"좋아. 일단 널 죽이는 건 잠시 보류하지. 그동안 네가 내게 유용한 존재인지 판단을 해보겠다. 살고 싶다면 최대한 빨리 너의 유용함을 내게 증명하도록."

"예, 로드."

크라케의 안색이 환해졌다. 하마터면 이 자리에서 죽을 뻔했던 그는 잠시나마 삶의 기회를 얻은 것이다. 또한 그의 존재가 로드인 샤크에게 어떤 식으로든 유용한 구석이 있음을 증명만 한다면 잠깐이 아니라 계속 생존할 수도 있었다.

"이제 무엇이든 명령만 내려 주시옵소서, 로드."

"일단 그 라우벤이라는 녀석의 부상을 말끔히 치료할 포션을 만들어라."

"충! 잠시만 기다려 주십시오."

크라케는 넙죽 허리를 숙이고 사라졌다. 몽환의 우물을 통해 인간 세계를 적지 않게 돌아다녔던 그는 인간 세계의 지식을 꽤 많이 알고 있었다.

비록 그가 영혼 포식자이며 마물이긴 하지만 그렇다고 해서 그저 무식하게 인간들 사이를 누비며 마구 잡아먹는 짓은 하지 않았다. 그랬다간 그가 대적할 수 없는 강자들이 나타나 그를 금세 제거해 버릴 것이기 때문이다.

라우벤과 같은 검사를 비롯해 상급 이상의 정령들, 혹은 드래곤들도 있다. 그뿐인가? 특히 용자나 그의 부하들이 나타나기라도 한다면 끝장이었다.

따라서 크라케는 가급적 평범한 인간처럼 행동하며 인간들 사이에 위화감 없이 존재했다. 그러면서 아무도 모르게 야금야금 포식을 즐겼다. 그것을 위해서 인간 세계에 대한 각종 지식은 필수였다.

그로 인해 그가 가져 본 직업은 한두 가지가 아니었다. 상인, 마법사, 검사, 용병, 귀족 등 다양했다. 심지어 왕국의 왕이 되어 본 적도 있었다.

그렇게 다양한 경험을 했던 만큼 온갖 잡다한 능력도 많이 얻었다. 그중의 하나가 연금술이었다. 웬만한 연금술은 다 안다고 봐도 될 정도였다. 따라서 회복 포션을 만드는 것쯤은 그에게 장난과 같았다.

회복 포션의 종류는 다양했는데, 그중에서 최고의 치료 효능을 지닌 것은 그의 피를 재료로 해서 만든 것이었다. 최상급 마물인 그의 피 한 방울에 몇 가지 약초를 배합하면 말 그대로 최상급 포션이 완성되었다.

마물에 비할 바 없이 생명력이 약한 인간들의 경우는 기적의 회생약이라 불릴 만큼 뛰어난 성능을 발휘하는 것이다.

'미리 포션을 잔뜩 만들어 둬야겠구나.'

크라케는 바쁘게 숲을 돌아다니며 약초를 찾았다. 직감상 포션이 제법 많이 소모될 것이란 생각 때문이었다.

또한 그것 말고도 포션을 미리 만들어 두면 여러모로 유용했다. 인간 세계에서 편하게 살아가려면 돈이 필요한데, 위급한 상황에서 생명을 구할 수 있는 포션은 매우 귀하게 취급된다. 포션들을 몇 개만 처분해도 상당한 돈을 벌 수 있었다.

스슥. 츳, 츠으으읏.

잠시 후, 크라케는 진흙들을 빚어 커다란 그릇 하나와 작은 병 수십 개를 만들었다. 거기에 마기를 살짝 주입하니 그것들은 강철 재질처럼 단단해졌다. 유리병이 없으니 이런 식으로라도 포션을 넣을 병을 만들어야 했다.

계속해서 그는 숲에서 찾은 약초들을 잘게 빻아 그릇에 넣은 후 팔뚝에서 피를 내 그것들과 섞었다.

슥슥슥.

한두 번 해본 일이 아니다 보니 매우 능숙했다.

잠시 후, 그릇 안에는 불그스름한 액체만 남았다. 그는 그것들을 작은 병들에 고루 나누어 담은 뒤 각각의 마개를 닫았다.

Chapter 10

공포의 회복 마법

"포션을 만들어 왔습니다, 로드."
"흠, 수고했다."
샤크는 크라케가 만들어 온 포션을 보고 흡족한 표정을 지었다. 물론 소마왕의 육신을 가진 그에게는 이 포션이 거의 쓸모가 없었다. 이보다는 그가 가진 육신의 회복력이 훨씬 뛰어나기 때문이다.
그러나 라우벤과 같은 인간에게 이 회복 포션은 생명과 같이 귀하게 여겨질 것이다.
"이제부터 라우벤의 부상이 심할 때마다 이걸 하나씩 던져 줘라. 한동안 꽤 필요할 테니 충분히 만들어 두도록."

"예, 로드."

크라케는 허리를 꾸벅 숙였다. 그리고 곧바로 라우벤의 집으로 이동해 포션을 던져 줬다. 그사이 라우벤은 상처 부위에 약을 바른 후 꿰매 붕대로 칭칭 감고 있었다. 그런데 난데없이 크라케가 나타나 웬 작은 자기병을 건네주자 어리둥절했다.

"이게 뭐냐?"

"로드께서 하사하신 회복 포션이다!"

크라케는 무뚝뚝한 표정으로 외치고는 돌아섰다. 라우벤은 자기병을 쳐다보며 고개를 갸웃했다.

"회복 포션이라고?"

비니안이 꺼림칙한 표정으로 말했다.

"수상해요. 그게 회복 포션인지 독인지 어찌 알아요?"

"그건 그렇구나."

라우벤도 찜찜한 표정을 지었다. 설령 독이 아니라 회복 포션이 맞다 해도 문제였다. 그 귀한 회복 포션을 무엇 때문에 자신에게 주었는지 의문이었다.

'그보다 그는 대체 어디서 나타난 괴물이기에 그토록 강한 것인가?'

라우벤은 내일 다시 샤크와 결투를 벌일 생각을 하니 마음이 무거웠다. 물론 무사인 그가 결투를 두려워할 리 없다. 설령 싸우다 죽는다 해도 강자와 결투를 벌이는 것은 그의 피를 끓게 만드는 일이니까.

그러나 문제는 그의 딸 비니안이었다. 그가 패배해 죽기라도 한다면 비니안은 샤크에게 혹독한 매질을 당할 것이다. 샤크가 크라케라는 노예를 때리던 장면을 떠올린 라우벤은 소름이 쫙 끼쳐 올랐다.

'그것만은 절대 안 된다. 어떻게든 놈을 물리쳐야 돼.'

하지만 지금처럼 부상을 입은 몸으로 승리는 꿈도 못 꾼다. 욱신거리는 고통도 고통이지만 오른쪽 다리와 왼쪽 팔은 거의 움직이기가 힘들 정도였다.

"아고니 힐! 암흑의 힘이 그대를 치료하노라."

그때 비니안이 뭐라고 계속 중얼거리며 라우벤의 부상 부위를 어루만졌다. 그녀의 손에서 미약하지만 흑색의 빛이 일어나 부상 부위를 감쌌다.

화악!

"……컥!"

순간 라우벤이 인상을 찡그리며 비명을 질렀다. 비니안의 치료 마법이 그의 부상을 치료하기는커녕 오히려 고통만 증가시켰기 때문이다. 이건 딸이 아니라 원수가 따로 없었다.

"크어윽! 제발 그만둬라, 비니안. 그깟 사이비 흑마법으로 무슨 치료를 한다는 거냐?"

"흥! 이건 사이비가 아닌 정통 흑마법이거든요. 아무튼 아파도 참아요. 조금씩 나아지고 있어요. 책에 고통은 심해도 상처는 반드시 회복된다고 적혀 있었다고요."

"크으……! 그 전에 이 아빠가 죽겠구나."

라우벤은 비니안에게 흑마법 서적을 가져다준 것을 다시 후회했다. 그러고 보면 오늘의 모든 불행은 다 그 빌어먹을 흑마법 서적 때문에 벌어진 것이었다. 그 책이 아니었다면 비니안이 마왕에게 영혼을 팔겠다는 정신 나간 짓을 하진 않았을 테니까.

그런데 우습게도 비니안의 말이 완전히 틀린 것은 아니었나 보다. 고통은 심했지만 부상이 조금씩 치료되는 느낌이었다. 그러나 마치 상처를 칼로 푹푹 찌르는 것 같은 고통에 라우벤은 정신이 나갈 지경이었다.

그들이 어찌 알겠는가. 비니안이 펼친 아고니 힐이라는 흑마법은 회복 효과가 상당히 탁월하긴 하지만 고통이 엄청나다는 것을. 그 이유는 애초부터 그 마법이 흑마법 고문 술사들에 의해 고문을 목적으로 만들어졌기 때문이다.

고문을 하다 망가진 육신을 고통과 함께 치료해 준 후 다시 또 잔혹한 고문을 하기 위한 것으로, 이 마법을 펼치면 펼칠수록 고통이 가중된다. 흑마법사들 사이에서도 공포의 회복 마법이라고 불릴 정도였다.

 물론 가중된 고통에 비례에 회복력도 증가하는 이점이 있지만, 그런 과정이 몇 번 반복되다 보면 아무리 의지가 굳건한 자라 해도 그가 알고 있는 모든 비밀을 실토할 수밖에 없을 것이다.

 "아고니 힐! 아고니 힐-!"

 그런 배경을 잘 모르는 비니안은 계속 그 마법을 펼쳤다. 급기야 라우벤의 두 눈이 튀어나올 듯 부릅떠졌고, 그의 입이 쩍 벌어졌다. 이건 도저히 참을 만한 것이 아니었다.

 "크으으-! 크아아아!"

 라우벤이 붕대를 풀어 헤치며 광란하듯 소리를 지르자 비니안도 그제야 흠칫 놀라며 주문을 멈췄다. 그러나 그녀의 안색은 금세 희열로 물들었다. 붕대가 풀린 라우벤의 몸은 상처가 거의 아물어 약간의 자국만 남아 있었던 것이다.

 "이거 봐요. 부상이 모두 치료됐잖아요."

 "크으! 그러냐?"

 라우벤은 죽다 살아난 기분이었다. 그는 한숨을 내쉬었다. 딸을 지킨다는 것이 이토록 힘든 일일 줄이야.

 그런데 아고니 힐을 무리하게 펼친 까닭에 비니안의 안색도 해쓱해져 있었다. 그래도 그녀는 씩씩하게 웃으며 말했다.

"헤헤! 아빠, 앞으로 또 다치면 제가 치료해 줄 테니 걱정 말아요."

"네 뜻은 고맙다만 정중히 사양하마. 두 번 다시 내게 그 빌어먹을 마법을 펼치지 말라는 말이다. 알았느냐?"

"알았어요."

라우벤이 험악한 인상으로 노려보며 말하자 비니안은 시무룩한 표정으로 고개를 끄덕였다. 그녀가 바보가 아닌 이상 아고니 힐의 부작용이 상상을 초월한다는 것을 눈치채지 못할 리 없었다.

어쨌든 우여곡절 끝에 상처를 회복한 라우벤은 집 밖으로 나와 대검을 휘둘러 보며 자신의 몸 상태를 확인했다. 부상을 입었던 곳들이 뻐근하긴 했지만 전투를 수행해도 큰 무리는 없어 보였다.

'내일 반드시 놈을 해치워야 한다, 반드시!'

아고니 힐의 극악한 고통을 두 번 다시 당하지 않기 위해서라도 라우벤은 최선을 다해 싸울 작정이었다.

다음 날 아침.

라우벤의 집 앞에 나타난 샤크는 대검을 수직으로 세운 채 자신을 기다리고 있는 라우벤을 발견하고 인상을 살짝 찌푸렸다.

"크라케!"

"예, 로드."

크라케는 샤크의 기분이 좋지 않은 듯하자 몸을 떨었다.

"생각보다 포션의 효능이 별로인가 보구나."

"그럴 리가 없습니다. 제가 만든 포션은 최상급의 효능을 가진 터인데……."

"저길 봐. 겉으로만 멀쩡할 뿐 속은 여전히 골병이 든 상태야. 저 꼴로 나와 결투를 벌일 수 있다 생각하느냐?"

크라케는 라우벤의 몸을 훑어보고 인상을 구겼다. 딱 봐도 포션을 먹지 않았음을 알 수 있었기 때문이다.

"제길! 네놈은 왜 내가 준 포션을 먹지 않았느냐?"

"큭큭! 포션이라고? 날 바보로 아느냐? 그 안에 독이라도 들었을지 모르는데 무턱대고 그걸 마시라고? 그리고 설령 그게 진짜 포션이라 해도 내가 네놈들의 동정을 받을 거라 생각했느냐? 그따위 도움은 필요 없다. 봐라! 내 몸을. 내 딸 비니안이 훌륭한 치료 마법을 펼쳐 줘 멀쩡해졌단 말이다. 크하하하!"

어젯밤만 해도 아고니 힐이 주었던 가공할 고통에 딸이 원수니 어쩌니 하던 그였지만 지금은 딸 자랑을 하고 있었다. 어쩔 수 없는 딸바보, 그의 이름은 라우벤이었다.

'한심하군.'

샤크가 인상을 찌푸렸다. 그 역시 라우벤이 포션을 먹지 않았다는 사실이 어이없었다.

"이봐, 그 꼴로 나와 맞설 수 있다 생각하나?"

"크하하하! 덤벼라."

"덤벼 주지."

샤크는 서슴없이 라우벤을 향해 달려들었다. 검으로 변형된 그의 오른손이 라우벤의 가슴을 찔렀다.

쉭!

번개처럼 날아드는 검격에 라우벤은 흠칫 놀라며 재빨리 검을 들어 막았다.

콰앙!

"쿠어어억!"

라우벤은 입에서 피를 토하며 뒤로 튕겨져 나갔다. 아물었던 상처들이 일제히 터지며 그의 몸은 순식간에 피투성이로 변해 버렸다.

"아빠!"

뒤에서 불안한 표정으로 지켜보던 비니안이 달려 나와 라우벤을 부축하려 했지만 그는 손을 흔들어 그녀를 제지하고는 대검을 지팡이 삼아 힘겹게 일어났다. 그리고 샤크를 잡아먹을 듯 노려보며 외쳤다.

"크으으! 얼마든지 덤벼라. 난 충분히 싸울 수 있으

니……."

"얼마든지 덤벼 주지."

샤크가 다시 검을 휘둘렀다. 라우벤이 힘겹게 막았다.

창! 차앙! 카각칵- 차앙!

승부는 순식간이었다. 불과 삼 합도 되지 않아 라우벤은 대검을 손에서 놓치고 말았다. 샤크의 검이 그의 복부로 사정없이 파고들었다.

푹-

"쿠으으윽!"

라우벤은 두 눈을 부릅뜨며 이를 악물고 버텼다. 그의 양손은 자신의 복부로 파고드는 샤크의 검을 쥐고 있었다. 그러다 이내 맥없이 허물어졌다.

샤크는 그의 복부에서 검을 빼낸 후 돌아섰다.

"크라케, 놈의 입을 벌려 포션을 먹여라."

"예, 로드."

크라케가 기다렸다는 듯 달려가 라우벤의 입을 벌리고 포션을 쏟아부었다.

콸콸콸-

"삼켜라, 죽고 싶지 않다면."

의식을 잃기 직전이던 라우벤은 자신의 입안으로 스며드는 액체를 무의식적으로 꿀꺽 삼켰다. 그러자 그의 몸이 급

공포의 회복 마법 241

속도로 회복되기 시작했다.

"아, 저럴 수가……."

그 장면을 본 비니안의 두 눈이 커졌다. 만신창이 상태로 금세라도 숨이 끊어질 것 같았던 라우벤의 몸이 말끔하게 회복되었기 때문이다.

라우벤 역시 이토록 놀라운 포션이 존재한다는 것이 믿기지 않았다. 단순히 상처만이 아니라 체력도 약간은 회복된 터였다.

'이런 귀한 걸 왜 내게…….'

라우벤은 샤크의 의도를 알 수 없었다. 이 정도 효능의 포션이라면 웬만한 돈을 주고도 사기 힘들 만큼 귀한 가치를 지니고 있을 것이다.

그때 샤크가 라우벤을 쳐다보며 말했다.

"왜 내가 그걸 네게 먹였는지 궁금하냐?"

"솔직히 그렇다. 내게 원하는 게 무엇이냐?"

"그건 조만간 알게 될 것이다. 내일 다시 올 테니 그때까지 체력을 완전히 회복해 두도록. 내일도 오늘처럼 허망하게 무너진다면 내게 네 딸의 교육을 허락한 것으로 생각하겠다."

샤크는 예의 나뭇가지를 흔들며 의미심장한 미소를 지었다. 그것을 본 라우벤의 인상이 일그러졌고, 비니안의 안색은 창백하게 변했다. 내일도 라우벤이 지면 비니안은 영락없이 저 나뭇가지로 심하게 매질을 당해야 할 것이 분명했다. 그녀는 울상을 지으며 라우벤을 쳐다봤다.

"아빠……."

"후후, 염려 마라. 내가 체력만 회복되면 저따위 놈이야 충분히 이길 수 있단다."

라우벤은 짐짓 여유롭게 웃으며 비니안을 안심시켰다. 그러나 속으로는 불안하기 짝이 없었다. 어제 혼신의 힘을 다하고도 이기지 못했는데 과연 내일은 이길 수 있을까?

라우벤은 수많은 실전을 겪은 자였다. 그런 그가 자신보다 강자인 샤크를 몰라볼 리 없었다. 심지어 대검에 깃든 마도사 다소스의 마법까지 동원해 싸웠음에도 이길 수 없지 않았던가?

따라서 그가 하루 만에 기적적으로 대오각성해서 한 단계 높은 경지로 올라간다면 모를까, 그런 경우가 아니라면 승산이 없었다. 이길 수 없는 상대와 또 싸우는 건 바보짓이리라.

'오늘 밤 도주한다.'

라우벤은 딸 비니안과 함께 이 숲과 집을 버리고 도주하기로 결심했다. 그가 생각할 때 그것이 자신도 살고 딸도 사는 유일한 길이었다.

그날 밤.

구름으로 가득 덮인 하늘엔 달빛조차 비치지 않았다. 완벽한 암흑의 세계! 라우벤은 도주하기엔 차라리 잘됐다 싶어 비니안을 깨웠다.

"비니안."

"이미 일어나 있어요."

비니안도 눈치는 제법 있었다. 지금 상황에서는 오직 도주만이 살길임을 그녀가 어찌 모르겠는가. 그래서 이미 중요한 물건들과 옷가지 등을 챙겨 배낭에 넣어 둔 터였다.

"가자!"

그들은 즉시 집을 나섰다. 어두웠지만 숲의 지형을 잘 알고 있는 그들이었던지라 숲을 빠져나가는 것은 결코 어렵지 않으리라 생각했다.

그러나 숲의 끝자락쯤에 도달했을까? 그들은 앞쪽에서 그들을 향해 걸어오고 있는 한 청년을 발견했다. 다른 곳은 어두웠는데 유독 그 청년이 있는 부분만 밝았다.

'저, 저놈은?'

다름 아닌 샤크였다. 라우벤과 비니안은 기겁해서 다른 곳으로 방향을 틀었다. 그렇게 한참을 달려서 또 숲의 끝자락에 도달했는데.

"앗! 저기 또 있어요."

"크윽! 질긴 놈 같으니. 다른 곳으로 가자."

그들은 또 방향을 틀었지만 소용없었다. 어느 곳으로 가도 항상 샤크가 지키고 있었던 것이다. 물론 그것은 크라케가 숲 주위에 펼쳐 둔 환영 마법이었다. 그들은 그것도 모르고 결국 밤새도록 숲을 뱅뱅 돌았고, 어느덧 날이 밝았다.

기진맥진해 있는 그들 앞에 샤크가 나타났다. 그는 마치 밤사이 있었던 일을 전혀 모르는 것처럼 능청스러운 표정으로 말했다.

"결투 준비는 되었겠지?"

"제길! 물론이다."

라우벤은 기왕 이렇게 된 바에야 어쩔 수 없다는 듯 이를 악물었다.

"받아랏!"

그는 마치 돌풍처럼 달려와 대검을 휘둘렀다.

쒸익!

남빛의 광채에 휩싸인 대검! 그것이 샤크를 향해 날아드는 순간, 무려 수십여 개의 검영을 만들어 냈다.

쒸쉭- 스파파파팟-

까가강! 까가가강!

샤크는 여유롭게 검을 막아 냈다. 이미 한 번 겪어 본 검술이어서 그런지 별다른 긴장감이 느껴지지 않았다. 더구나 밤새도록 라우벤이 도주를 위해 심력을 소모해서인지 그는 이틀 전만큼의 실력도 발휘하지 못했다.

'고작 이거라면 실망이군.'

그래도 한동안은 긴장감이 짙게 느껴질 줄 알았다. 그런데 긴장감이 없다면 그가 결투를 하는 의미가 없지 않은가. 무극지기가 몇 배로 쌓이게 만들려면 그 스스로 생명에 위험을 느낄 정도로 긴장해야만 했다.

하지만 그렇다고 실망할 필요는 없었다. 긴장감이 느껴지지 않는다면 그것이 느껴지도록 만들면 되니까.

샤크는 마물 부하들인 카치카들에게 했던 방식을 라우벤에게도 그대로 사용하기로 했다. 즉, 라우벤을 강하게 만들어 긴장감이 느껴지게 만들면 되는 것이다.

그러나 카치카들의 방식을 그대로 적용하기에는 무리가 있었다. 카치카들은 다른 마물들을 먹음으로써 기를 쌓아 한 단계 위의 마물로 성장하는 것이 가능하지만, 인간인 라우벤에게는 불가능한 성장 방식이었다.

대신 라우벤은 검강을 다룰 정도로 뛰어난 내공, 즉 마나를 가지고 있었다. 그렇지 않았다면 샤크가 긴장감을 느끼지 못했을 것이다.

다만, 그의 검술은 샤크가 볼 때 한심하기 짝이 없었다. 물론 전생의 무림에서 웬만한 문파의 상승 검법 못지않은 구석이 있었지만, 이미 그 당시에도 무림의 어지간한 상승 검법들은 한심하게 생각했던 백룡이 아니었던가.

따라서 샤크는 라우벤의 검술을 손보기로 했다. 마나를 비효율적으로 많이 사용해 오러 블레이드라는 것을 펼치는 것도 그렇고, 쓸데없이 많은 검영들을 만들어 내는 것도 그렇다. 모두가 하수들이 볼 때는 매우 그럴듯해 보이지만 고수들이 보면 가소로운 힘의 소모일 뿐이었다.

'라우벤에겐 수라광살검법이 딱 적당하겠군.'

혈왕마접수와 더불어 마교 십대 마공 중 하나인 수라광살검법(修羅狂殺劍法)! 그것이라면 무식한 대검을 무기로 사용하는 라우벤에게 딱 적당한 무공이었다.

물론 마기가 아닌 보통의 마나를 쌓은 라우벤에게 마공을 그대로 전수할 수는 없었다. 기왕이면 현재 라우벤이 수련한 검술을 보완해 수라광살검법을 응용할 수 있도록 개조하는 것이 효율적이리라.

아무튼 그건 그거고, 일단 지금까지는 어느 정도 긴장감이 느껴지니 지금의 승부에 집중하기로 했다. 또한 라우벤에게 무공을 전수하기 위해서는 그를 부하로 만드는 일이 우선이었다.

아무리 강해지는 것이 목적이라 해도 샤크는 아무 상관없는 남에게 무공을 전수하는 미련한 짓을 할 생각은 없었다. 무공은 부하에게만 전수한다. 또한 부하가 되었다 해도 그가 장차 배신할 놈인지 아닌지도 잘 살펴야 했다.

특히 인간의 경우는 마물과 다르다. 매만으로는 절대 안 된다. 제아무리 매를 많이 때려 굴종을 시킨다 해도 기질상 배신을 할 놈은 반드시 하게 되어 있으니까.

물론 샤크가 추후 날개의 봉인을 풀게 되면 그때는 얘기가 달라질 것이다. 마왕의 피가 가진 권능으로 복속시킨 권속들은 배신을 꿈도 꿀 수 없게 되기 때문이다.

어쨌든 전생에 배신도 당해 봤고 수많은 사람들을 굴종시켜 봤던 샤크이기에 사람의 인상과 눈빛, 표정만 봐도 그가 배신을 할 놈인지 아닌지 알아볼 수 있었다.

그런데 그때는 왜 배신을 당했냐고?

그걸 몰라서 배신을 당한 것이 아니다. 마교주 위지상은 처음부터 배신할 놈이라는 것을 알았지만 그래도 그런 선입견을 배제하고 사람 한번 만들어 보려고 했는데 결국 실패했을 뿐이다.

그러나 라우벤은 제법 독불장군 같은 구석이 존재하긴 해도 반골 기질은 없었다. 아니, 그는 한번 마음을 주면 목숨을 내걸고서라도 의리를 배신하지 않을 것이다. 그만큼 그의 마음을 얻기가 어려울 뿐.

"받아랏! 오늘은 기필코 네놈을 쓰러뜨리고 말 테다!"

한편, 샤크의 그러한 의중을 전혀 상상도 못하고 있는 라우벤은 사력을 다해 대검을 휘둘렀다. 그로서는 필사적일 수밖에 없었다. 샤크를 쓰러뜨리지 못하면 딸 비니안이 어떤 끔찍한 지경에 처하게 될지 모르기 때문이다.

쒸이잉! 파파팟-

까앙! 챙챙챙!

샤크는 무심한 표정으로 라우벤의 대검을 쳐냈다. 지금 이 순간 그는 다시 이 결투에 집중했고, 조금도 사정을 봐주지 않았다. 그로 인해 라우벤은 이틀 전보다 더한 상처를 입고 무참히 널브러지고 말았다.

"크어어억! 부, 분하다······."

라우벤의 대검은 멀리 내동댕이쳐졌고, 그의 전신은 수십여 개의 크고 작은 상처로 피투성이가 되어 있었다.

샤크는 냉랭한 표정으로 말했다.

"오늘도 패배했으니 더 이상 말이 필요 없겠군. 그럼 약속대로 네 딸은 내게 훈계를 받아야 할 것이다. 비니안을 끌고 와라, 크라케!"

"예, 로드."

크라케는 허리를 숙 굽혀 대답한 후 곧바로 바람처럼 달

공포의 회복 마법 249

려가 비니안을 붙잡았다.

"아악! 이거 놔! 아빠, 흐윽……."

"비, 비니안……! 안 된다…… 커억!"

라우벤은 비틀거리며 일어나 막으려 했지만 크라케는 코웃음 치며 그를 발로 차 넘겨 버렸다. 그리고 곧바로 충성심이 가득한 눈빛으로 샤크의 앞에 비니안을 주저앉혔다.

"비니안을 대령했사옵니다, 로드."

"나뭇가지는?"

"여기 있습니다."

크라케는 굵직한 나뭇가지를 샤크에게 건넸다. 샤크는 그것을 받아 든 후 비니안을 노려봤다.

"너의 죄는 이미 알고 있을 테고, 이제 네가 매를 맞는데 이의 있느냐?"

순간 비니안이 치를 떨었다.

"이 마왕! 사악한 마왕아!"

"그 말, 칭찬으로 듣겠다. 그럼 각오해라."

샤크는 조금도 봐줄 기세가 아니었다. 비니안은 정신이 아득해졌다. 마왕이란 말을 칭찬으로 듣는 자에게 무슨 말을 한들 소용이 있겠는가. 그러다 그녀의 두 눈이 문득 반짝였다. 암흑 같은 절망 속에서 빛처럼 떠오른 생각이 하나 있었던 것이다.

"자, 잠깐만요. 이의 있어요."

"이의라? 그래, 어디 얘기해 봐라. 정상참작을 할 만한 것이 있는지 들어 보도록 하지."

비니안이 울먹이며 말했다.

"흑……! 그건 꿈이었다고요. 현실이 아닌 꿈이었는데 그걸로 날 벌하는 건 너무한 것 아닌가요?"

"꿈?"

"그래요. 당신도 꿈을 꿀 테니까 잘 알잖아요. 꿈은 현실과 달라서 무슨 짓이든 할 수 있단 말이에요. 제가 현실에서 마왕에게 영혼을 팔려 했다면 문제겠지만, 그건 꿈이었다고요. 아빨 배신한 것도 현실이 아닌 꿈에서였고요."

"흠."

듣고 보니 틀린 말은 아니었다. 당시 일이 비니안에게는 분명 현실이 아닌 꿈이었다. 크라케로 인해 몽환의 우물이라는 신비한 존재가 그녀의 꿈에 간섭하면서 그것이 현실로 드러난 것일 뿐. 따라서 그 꿈의 일로 비니안을 추궁하는 건 아무리 생각해도 좀 그랬다.

샤크가 고민하는 듯하자 멀리서 보고 있던 라우벤도 희망을 갖고 다급히 외쳤다.

"이놈! 세상에 누가 꿈 한번 잘못 꿨다고 혼이 난다는 말이냐? 크흐! 그럼 그렇지. 내 딸이 날 배신한다는 건 말이

안 되는 일이야."

　물론 꿈속일망정 그런 일을 벌였다는 것이 괘씸하면서도 섭섭한 것은 사실이지만, 지금으로서는 그런 걸 내색할 때가 아니었다. 어쨌든 그건 꿈이었으니 절대 그 일로 비니안을 혼내서는 안 된다고 우겨야만 했다.

　아니, 솔직히 말하면 그 일은 우길 일이 아니라 당연한 것이었다. 어느 누가 꿈을 꾼 것 가지고 혼이 나야 한단 말인가?

　그러나 샤크는 순순히 물러날 생각을 하지 않았다. 오히려 코웃음 치며 말했다.

　"흥! 그 일이 그저 꿈이었으면, 끝까지 꿈으로 끝났다면 상관없었겠지. 하지만 그게 꿈이 아닌 현실로 이어졌다. 그렇다면 이미 그건 꿈이 아닌 현실인 것이다. 어떻게 생각하느냐, 크라케!"

　"지당하신 말씀이옵니다. 로드의 말씀대로 그 일은 꿈이 아닌 현실이라고 봐야 옳습니다. 그렇지 않다면 제가 어찌 이 자리에 있겠습니까?"

　크라케가 즉시 샤크의 말에 동조했다. 샤크는 고개를 끄덕였다.

　"물론이다. 따라서 비니안, 네가 벌인 일은 꿈이 아닌 현실에서 벌어졌다. 그런데도 넌 그것을 그저 꿈이라며 네 책임을 회피하려 하고 있구나. 그것은 곧 네가 조금도 반성을 하지 않고 있음을 의미한다. 다시 말해 싹수가 노랗다는 것을 의미하지. 크라케! 싹수가 노란 녀석은 어찌해야 하느냐?"

"크흐흐! 없애 버리는 것이 최상입니다."

"나도 그렇게 생각한다."

없애 버린다니, 그렇다면 비니안을 죽이겠다는 것인가? 틀림없었다. 샤크의 두 눈에 차가운 살기가 어렸다.

"자, 잠깐!"

라우벤이 다급히 외치며 벌떡 일어났다. 전신의 상처에서 엄습해 오는 고통으로 정신이 아득해졌지만 이를 악물고 달려왔다.

Chapter 11

블러디 포레스트

"내게 무슨 할 말이 있나?"

샤크가 담담히 물었다. 비틀거리며 달려온 라우벤은 샤크의 앞에 털썩 무릎을 꿇었다.

"이 아이에게 무슨 죄가 있겠소? 아이들은 가르치는 대로 자랄 뿐이오. 비니안이 죽을죄를 지었다면 그렇게 가르친 이 아비의 죄요. 그러니 비니안 대신 날 죽이시오."

라우벤은 딸을 대신해 자신이 벌을 받겠다며 달려온 것이었다. 그러자 비니안은 깜짝 놀랐다.

"안 돼요. 아빤 죄가 없어요. 그 일로 내가 죽어야 한다면 그냥 날 죽이세요. 아빤 날 사랑한 죄밖에 없다고요! 흥!

이 사악한 마왕! 아빨 죽이면 절대 용서하지 않겠어! 내가 죽어서도 널 저주할 거야."

비니안은 서슬이 퍼런 눈으로 샤크를 노려봤다. 순간 샤크의 입가에 씩 미소가 맺혔다.

"넌 버릇도 없고 철도 없지만 다행히 용기는 있구나. 어쨌든 좋은 아빠를 둔 덕에 살아났다. 아빠에게 감사하도록 해라."

그 말에 비니안은 순간 멍한 표정을 지었다. 방금 전까지 자신을 죽이려고 삭막한 살기를 쏘아 보냈던 샤크가 이토록 부드러운 미소를 지으며 말할 줄은 상상도 못했기 때문이다.

사실 샤크는 처음부터 비니안을 죽일 생각이 없었다. 그녀가 꿈속이 아니라 설령 현실에서 그 일을 벌였다 해도 그녀는 아직 어렸다. 적어도 반성할 여지는 주어야 했다.

솔직히 라우벤의 말대로 비니안이 버릇없고 철이 없는 것은 그가 자식 교육을 잘못 시킨 탓이었다. 따라서 샤크가 그를 대신하여 비니안이 철이 들도록 겁을 좀 준 것뿐이다.

물론 만일 정말로 비니안이 구제 불능이며 개선 불가의 인간 망종 같은 심성을 가지고 있다면 아무리 어리다 해도 봐줄 샤크가 아니었지만, 그가 보기에 비니안은 매우 순수한 심성을 가지고 있었다.

그녀는 라우벤이 너무 오냐오냐 키워 철이 없고 세상 물정을 모를 뿐이다. 마왕이 얼마나 무서운 존재이며, 영혼을 판다는 것이 얼마나 끔찍한 일인지도 잘 모르고 있었다. 아마도 이번에 제대로 그것을 깨달았으리라.

어쨌든 그건 그거고.

샤크는 슥 고개를 돌려 라우벤을 쳐다봤다. 그 역시 멍한 표정이었다. 살기등등하던 샤크가 그토록 쉽게 자신의 결정을 철회할 줄은 몰랐으니까.

그러나 라우벤을 노려보는 샤크의 표정은 다시 차갑게 변해 있었다.

"라우벤! 난 한 입으로 두말하는 것을 무척 싫어한다. 조금 전 딸 대신 죽겠다고 했던 그 말, 틀림없는 건가?"

순간 라우벤의 안색이 굳어졌다. 그로서는 샤크가 정말 비니안을 살려 주는 대신 자신의 목숨을 거두려 하는 것으로 여겼기 때문이다.

라우벤은 즉시 고개를 끄덕였다. 여기서 자신이 그것을 거부하면 샤크가 다시 비니안을 죽일지도 모른다는 우려에서였다.

"물론이오. 나 역시 한 입으로 두말하는 것을 싫어하오. 당신이 내 목숨을 거두고 싶다면 거부하지 않겠소."

샤크가 미소 지었다.

"좋아, 그 말 잊지 마라. 네 목숨은 이제부터 내 것이다. 너는 내 허락 없이는 죽어서도 안 된다. 죽고 싶다면 반드시 내게 허락을 받아라."

"그럼 지금 죽이지 않겠다는 거요?"

라우벤은 고개를 갸웃하며 물었다. 샤크의 말뜻을 이해하기 어려웠던 것이다. 그러자 샤크는 당연하다는 듯 말했다.

"물론이다. 이미 내 것이 되었는데 아깝게 왜 죽인다는 건가? 명심해라. 이제 네가 날 배신하지 않는 한 내가 널 죽일 일은 없을 것이다."

"……."

그제야 라우벤은 자신에게 무슨 일이 벌어졌는지 알고는 한숨을 내쉬었다. 딸을 살리기 위해 목숨을 걸긴 했지만 그 일로 남의 부하가 될 줄이야. 하지만 한편으로 그리 기분이 나쁜 것만은 아니었다. 자신보다 강한 자의 부하가 되었으니까. 그런 자의 부하가 되었으니 수치스러울 것도 없었.

슥.

복잡한 표정을 짓고 있는 그를 향해 갈색 장발의 노인 크라케가 다가와 거무튀튀한 병을 내밀었다.

"냉큼 마셔라."

"이건?"

그것이 무엇인지는 이미 한 번 마셔 봐서 잘 알고 있었다. 라우벤은 망설이지 않고 포션을 입에 털어 넣었다.

꿀꺽꿀꺽!

포션의 효능은 확실히 대단했다. 그의 상처가 불가사의한 속도로 아물었고, 심지어 고통까지 감촉같이 사라져 버렸다.

크라케가 포션 30여 병을 추가로 내밀었다.

"크크! 앞으로 자주 필요할 거다. 매번 주는 것도 귀찮아서 말이지."

귀한 포션을 30여 병이나 건네면서 귀찮아서 준다는 말을 하다니, 라우벤은 물론이요 비니안도 멍해지고 말았다. 어디 가서 이것 하나만 팔아도 한동안 돈 걱정은 안 하고 살 수 있을 만큼 귀한 물건이었기 때문이다.

그때 샤크가 말했다.

"그럼 오늘은 푹 쉬어라. 내일 새벽부터 다시 시작하도록 하겠다."

"무엇을 말입니까?"

라우벤은 조심스레 물었다. 샤크의 부하가 된 이상 그의 말투는 자연스레 공손해져 있었다.

"수련이다. 앞으로 넌 지금보다 몇 배는 더 강해지게 될 것이다."

"흐흐, 수련이라! 저로서도 환영입니다."

다른 건 몰라도 강해지는 것이라면 뼈가 부서진다 해도 마다할 라우벤이 아니었다. 수련을 하다 온몸이 만신창이가 되도록 부서져도 금세 다시 치료될 기적의 포션까지 잔뜩 있으니 그로서는 오히려 신이 날 지경이었다.

샤크 역시 라우벤이 자신 못지않은 수련광이라는 사실에 반색했다.

'역시 내 예상대로군. 덕분에 나도 보다 빨리 강해질 수 있겠어.'

다음 날 새벽부터 샤크는 라우벤에게 수라광살검법의 초식들을 차근차근 전수했다. 물론 본래의 초식이 아닌 라우벤의 대검술에 맞게 변형한 초식들이었다.

이미 검술에 있어 마스터의 경지에 이르러 있던 라우벤은 수라광살검법의 초식을 마치 솜이 물을 흡수하듯 빠르게 받아들였다. 무엇보다 샤크가 실전을 통해 그것을 체득할 수 있게 해주었기에 그의 성취는 눈부셨다.

처음에는 어쩔 수 없이 딸 비니안의 목숨을 살리기 위해 샤크의 부하가 되었던 라우벤은 날이 갈수록 샤크를 진심으로 존경하게 되었다.

그러나 실전과 같은 매일의 수련을 통해 그뿐 아니라 샤크의 무극지기도 엄청난 속도로 쌓이고 있었다. 샤크는 라우벤이 수라광살검법을 불과 1년여 만에 극성으로 성취하자 그것들의 정화만을 모아 몇 단계 강력하게 창안한 천마구검식(天魔九劍式)을 전수했다.

놀랍게도 라우벤은 천마구검식을 불과 2년 만에 극성으로 성취했다. 그 사이 그는 소드 마스터의 경지를 뛰어넘어 그랜드 마스터의 경지로 올라섰다.

그러나 샤크는 라우벤이 그랜드 마스터가 되었음에도 시큰둥한 표정이었다. 이미 라우벤과의 결투에서 긴장감을 느끼지 못한 지 오래였기 때문이다.

'이제 결투를 그만둘 때가 되었군.'

라우벤은 이제 거의 검법에 진전이 없었다. 샤크가 아무리 옆에서 가르쳐 준다 해도 여기서 더 이상 발전하기는 어려워 보였다. 그 스스로 기적 같은 깨달음을 얻어 한계를 돌파한다면 모를까.

그랜드 마스터 이후의 경지는 깨달음의 영역에 속한다. 샤크는 이미 전생에서 그 영역들을 숱하게 돌파했기에 지금은 그저 필요한 무극지기만 쌓으면 될 뿐이지만 라우벤은 그럴 수 없었다. 그렇다 해도 그로서는 가히 꿈의 경지라 생각하던 그랜드 마스터가 되었으니 세상을 다 얻은 듯 기쁘지 않을 수 없었다.

한편, 비니안은 지난 3년 사이 10대 중반에서 후반으로 키가 훤칠히 자랐다. 아빠 라우벤이 오로지 수련에만 열중하고 있으니 그녀는 크라케로부터 연금술을 배우며 무료함을 달랬다.

비니안에게 샤크는 가까이할 수 없는 어려운 존재였지만 크라케는 달랐다. 비록 얼굴에 항상 냉기가 감돌긴 했지만 그녀에게 비교적 친절하게 대해 주었기 때문이다.

사실 크라케 역시 샤크의 권속이 된 이후로 쥐 죽은 듯 살아야 했기에 무료하지 않을 수 없었다. 그런 와중에 비니안이 연금술에 관심을 보이자 그로서는 신이 나서 알려 줬다.

비니안은 연금술 쪽에 상당한 재능이 있었고, 3년이 지난 지금은 아빠 라우벤이 수련 중 부상을 당했을 때도 그녀가 만든 포션으로 손쉽게 치료할 정도의 경지에 이르렀다. 또한 간혹 새로운 약을 만들어 내기도 했다.

"크라케 할아버지! 이것 봐요. 새로운 걸 만들었어요. 이름은 리즈나그 포션이라고 해요."

비니안이 숲에서 채취한 각종 약초들과 열매들을 이용해 만든 포션을 보여 주자 크라케는 흥미를 보였다.

"리즈나그 포션? 그래, 이건 어떤 효능이 있는 것이냐, 비니안?"

"호호! 마셔 보시면 알아요."

비니안은 항상 새로운 약을 만들어 내면 그것을 크라케에게 식용하라며 주었다. 어찌 보면 끔찍한 일이었지만 실상 그것은 크라케가 그렇게 하라고 시킨 것이었다.

어차피 그 어떤 약이든 독이든, 마물인 크라케에게는 모두 심심풀이 간식거리에 지나지 않았기에 비니안이 만든 포션을 맛보는 것은 크라케의 낙 중 하나였다.

"그럼 어디 한번 마셔 볼까? 기왕이면 톡톡 쏘는 독이면 좋을 텐데. 허허허."

"결코 싱거운 맛은 아닐 테니 기대하셔도 좋을걸요."

비니안이 묘한 미소를 짓는 것을 본 크라케는 왠지 기대하는 표정을 지으며 포션을 입안으로 털어 넣었다.

꿀꺽! 꿀꺽!

맛은 매우 싱거웠다. 별다른 맛이 느껴지지 않았다. 그런데 포션을 마시자마자 전신에서 이상한 감각이 느껴졌다. 마치 부드러운 털 같은 것으로 온몸을 간질이는 듯한.

"크허헐! 이, 이게, 흐흐흐…… 뭐, 뭐냐? 케케켈켈!"

크라케는 참지 못하고 키득거리며 물었다. 간지러워서 미칠 지경이었던 것이다. 그가 몸을 요동치다 급기야 몸부림치며 눈을 부릅뜨자 비니안이 호호 웃었다.

"역시 약효가 죽여주네요. 이제 해독약을 만들어야겠어

요."

"크흐으으! 빌어먹을! 이런 걸 어디다 쓰려고 만들었느냐?"

크라케는 금세 포션의 효력을 떨쳐 버리고 본연의 모습으로 돌아왔지만 영 못마땅한 기색이었다. 아주 잠깐이었지만 참기 힘들 정도의 간지러운 감각을 느꼈던 것이다. 그는 속으로 감탄을 금치 못했다.

'리즈나그 포션이라. 저 아이가 나조차 생각 못한 기상천외한 것들을 만들어 내는구나. 앞으로 또 어떤 것들을 만들어 낼지 모르겠군.'

리즈나그 포션이 마물인 그에게는 별것 아니었지만 인간들에게는 매우 끔찍한 위력을 발휘할 것이다. 전신에 간지럼을 태우는 것은 실상 그 어떤 혹독한 고문보다 참기 힘든 고통이 될 수 있을 테니까.

그때 비니안은 콧노래를 부르며 약초와 독초들을 채집하러 나갔다. 새로 만든 리즈나그 포션이 예상대로의 효력을 발휘해 주니 기분이 좋았다.

한참 동안 이것저것 약초와 독초들을 자루 가득 채집한 그녀는 문득 잠시 멈춰 섰다. 어쩌다 보니 숲의 경계까지 온 것이다.

외부에서 블러디 포레스트라 불리는 이 숲과 오마다 영

지의 경계는 작은 강으로 가로막혀 있었다. 강 건너편도 대부분이 숲으로 이루어져 있어 특별히 눈에 띄는 것은 없었다.

그런데 오늘은 달랐다. 건너편 강변에 7명의 인물들이 모여 있었는데, 그들 앞에 큼직한 뗏목이 하나 놓여 있었던 것이다.

'저자들! 혹시 여기로 건너올 생각인 거야?'

비니안은 가슴이 세차게 뛰었다. 외부인들이 그녀의 아빠인 라우벤을 두려워하여 절대 강을 건너오지 않는다는 사실을 잘 알고 있었기 때문이다.

실제로 그녀가 이 숲에서 살았던 지난 8년여의 세월 동안 누구도 이 강을 건너온 적이 없었다. 비니안은 놀랍기보다는 흥미로웠다. 과연 어떤 간 큰 자들일지 궁금하기도 했다.

'후훗, 그렇다면 나도 손님을 맞을 채비를 해야겠지.'

그녀는 약초 자루를 허리 뒤로 둘러매고 등 뒤에 멘 스태프를 풀어 양손에 쥐었다. 튼튼한 나뭇가지를 깎아 만든 이 스태프에는 흑마법을 펼칠 때 그 위력을 증폭시켜 주는 신비한 능력이 깃들어 있었는데, 바로 비니안을 위해 크라케가 만들어 준 것이었다.

"이렉트 언데드……!"

그녀가 뭐라고 주문을 외우자 그녀의 인근 수풀 그늘진 땅들이 들썩이더니 새하얀 빛을 발하는 스켈레톤들이 튀어 나왔다. 그것들의 숫자는 무려 11마리.

뼈로 된 검을 든 스켈레톤 검사 6마리와 나무 장창을 든 스켈레톤 창병 5마리였다.

키키키키.

크크크.

본래라면 그녀가 소환할 수 있는 스켈레톤의 숫자는 고작 서너 마리에 불과했지만 크라케의 스태프가 가진 마력의 위력으로 그것의 세 배 가까운 스켈레톤이 소환된 것이다.

언데드라 해서 꼭 밤에만 소환할 수 있는 것은 아니다. 빛이 들지 않는 음지라면 어디든 소환이 가능했다. 특히 비니안이 있는 곳처럼 수풀이 우거져서 음지가 더욱 많은 경우에는 낮밤의 구별 없이 언데드 소환이 가능하다 할 수 있었다.

계속해서 비니안은 바쁘게 주문을 외웠다. 스켈레톤들을 소환한 이후에 그것들을 방치하면 본능대로 움직이는 그것들이 무슨 짓을 벌일지 모른다. 따라서 각각의 스켈레톤들에게 임무를 부여해 주어야 했다.

뛰어난 흑마법사의 경우에는 그러한 능력이 매우 뛰어나

수천 마리의 언데드들이라 해도 그의 명령에 일사불란하게 움직이게 되지만, 비니안은 아직 이런 경험이 미숙하다 보니 차근차근 각각의 스켈레톤들에게 지시를 해주어야 했다.

잠시 후, 스켈레톤 모두에게 임무를 부여한 그녀는 의기양양한 표정으로 웃었다.

'너희들 딱 걸렸어.'

곧바로 그녀는 근처의 나무 위로 올라가 숨었다. 그리고 뗏목이 가까워지길 기다렸다. 그런데 정작 뗏목이 가까워지자 비니안의 두 눈이 돌연 커졌다. 왠지 낯익은 인물을 발견한 것이다.

'설마······?'

좌아아아―

커다란 뗏목을 타고 강을 건너는 이들의 표정은 긴장으로 가득했다. 은빛 플레이트 아머에 롱 소드를 장착한 무사 셋, 스케일 메일을 장착한 무사 셋, 그리고 푸른 로브를 입은 마법사 하나였다. 그렇게 도합 7인의 인물들이 강 건너 블러디 포레스트로 향하는 중이었다.

"오빠, 과연 그가 우릴 도와줄까?"

푸른 로브를 입고 있는 10대 후반의 금발 마법사 에마가 선두에 서 있는 은빛 플레이트 아머의 무사를 향해 물었다. 그는 3년 전 선친의 죽음 이후 오마다 영지의 신임 영주가 된 롤란드 위그 오마다 백작이었다. 그가 고개를 돌려 자신의 여동생 에마를 쳐다봤다.

"알 수 없다. 하지만 지금으로서는 그 외에 방법이 없어. 이대로라면 오마다 영지는 조만간 리자드맨들에게 멸망하고 말 거야. 그때가 되면 이곳 블러디 포레스트라 해도 안전하지 못할 테니 그 역시 움직이지 않을 수 없겠지. 그래서 협상의 여지가 있는 거야. 영지를 지키려면 그가 무리한 요구를 하더라도 들어줘야 돼."

"그렇다면 다행이겠지만."

에마는 서서히 가까워지고 있는 블러디 포레스트를 불안한 표정으로 쳐다봤다.

'붉은 숲의 검사 라우벤! 과연 그는 아직도 이 숲에 있는 것일까? 그가 있다면 비니안도 있겠지?'

대략 10여 년 전, 남부 습지에서 창궐한 리자드맨들을 모조리 도륙해 먼터 왕국을 위기에서 구한 위대한 검사 라우벤.

그는 검술이 무척 뛰어나지만 성격이 너무 괴팍하고 독불 무적의 오만함을 가지고 있는 터라 귀족들은 물론 국왕조차 기피했던 인물이다.

그래서 몬스터들의 위협이 사라지자 당시 라우벤을 못마땅하게 여긴 일부 귀족들이 그를 제거하려고 어쌔신들을 고용했는데, 그들은 멀리 헬레이스 제국 최강의 어쌔신 조직이라는 다크 스네이크였다.

다크 스네이크는 곧바로 온갖 방법을 동원해 수십여 차례나 라우벤을 습격했으나 모조리 실패했다. 오히려 그 와중에 수백여 명이 넘는 어쌔신들이 무참히 죽임을 당하고 말았다. 그러자 그들은 보복으로 라우벤의 아내 도나를 납치한 후 잔인하게 살해해 버렸다.

그에 분노한 라우벤은 헬레이스 제국으로 가서 다크 스네이크를 궤멸시켜 버렸다. 비록 암흑가의 조직이지만 제국 최강의 조직이었던 다크 스네이크는 어지간한 소국의 전투력과 맞먹을 정도로 악명이 자자했는데, 라우벤을 건드린 대가는 처참했다.

그 이후 붉은 숲의 검사 라우벤의 명성은 먼터 왕국과 헬레이스 제국이 속한 광대한 클라우드 대륙 전체로 퍼져 나갔다. 헬레이스 제국은 물론 클라우드 대륙의 국가들마다 그를 포섭하려고 기를 썼지만 그는 자신에게 접근하는 그 누구도 용서하지 않고 베어 버렸다.

그는 아내의 죽음으로 세상과 인간에 대한 환멸을 느꼈기에 먼터 왕국 서쪽에 위치한 숲으로 딸과 함께 은거한 후, 그 누구도 그 숲으로 들어오는 것을 허락하지 않았던 것이다.

그가 은거한 후 벌써 8년이 지났다.

일부에서는 그가 어디론가 사라졌다는 말도 했고, 혹은 병들어 죽었을 것이라는 추측도 돌았다. 그러나 그를 두려워했기에 누구도 감히 블러디 포레스트에 들어가 확인해 보지는 못했다. 이는 그 숲과 인접해 있는 영지의 주인인 오마다 백작이 그 숲을 금역으로 선포하고 누구도 출입할 수 없게 감시한 이유도 있었다.

그런데 다름 아닌 그 오마다 영지의 신임 영주인 롤란드가 부하들과 함께 블러디 포레스트로 향하고 있었으니, 이는 어찌 된 일인가?

그 이유는 10여 년 전 라우벤에 의해 궤멸되었던 남부 습지의 흉악한 몬스터인 리자드맨들이 다시 창궐했기 때문이다. 그들은 당시에 비할 수 없이 강력해졌기에 먼터 왕국의 중남부는 대부분 폐허로 변해 버린 터였다.

오마다 영지도 마찬가지였다. 영지의 5할 이상이 리자드맨들에게 장악되었고, 병력의 7할 정도를 잃어버렸다. 현재 3천여 명 남짓 남은 병력으로 간신히 버티고 있었지만 전세는 위태했다.

지원군 요청 또한 불가능했다. 이미 인근 영지는 대부분

초토화된 상태였기에 오마다 영지는 고립되어 있었다.

이렇게 불가항력적인 상황이 아니었다면 어찌 롤란드가 직접 라우벤을 찾아갈 생각을 했겠는가. 그의 기사들이 만류했지만 롤란드는 자신이 직접 가야 라우벤을 설득할 수 있을 것이라 생각했다.

이러한 위험한 장소에 그의 여동생 에마가 동행한 이유는 그녀와 라우벤의 딸인 비니안과 친분이 있기 때문이다. 대략 9년 전, 라우벤이 헬레이스 대륙의 어쌔신 조직 다크 스네이크와 전쟁을 벌일 당시 그의 딸 비니안을 오마다 백작에게 맡겨 두었는데, 그때 대략 1년 동안 에마는 비니안과 어울려 놀았다.

에마와 비니안은 동갑이어서 금세 친해졌다. 라우벤이 돌아와 비니안과 블러디 포레스트로 갈 때까지 항시 붙어 다녔을 정도니까.

따라서 라우벤에게 오마다 영지를 지켜 달라는 부탁을 하는 것과 별개로 에마는 친구 비니안을 만나고 싶은 마음도 적지 않았다.

"백작님, 도착했습니다."

그사이 뗏목이 블러디 포레스트가 있는 강변에 닿았다. 먼저 기사 찰스와 던컨이 강변으로 뛰어내려 주위를 살폈고, 세 명의 종자들은 롤란드와 에마를 호위하며 뒤따랐다.

"모두 숲 안으로 이동한다!"

롤란드가 뗏목에서 내리며 외쳤다. 그런데 그때, 에마가 손을 흔들며 다급히 외쳤다.

"잠깐만요!"

그녀는 마법사다. 그것도 먼터 왕국의 왕립 마법 아카데미를 수료한 상급 마법사였다. 그러다 보니 음습한 한기가 물씬 풍겨나는 전방의 숲에서 느껴지는 이질적인 기운을 감지할 수 있었다.

'이럴 수가! 어둠의 마나가 느껴지다니.'

에마는 놀란 가슴을 진정시킨 후 재빨리 마법을 펼쳤다.

"리빌 이벌 크리쳐-!"

화악!

사악한 어둠의 존재가 숨어 있다면 드러나게 해주는 마법이 펼쳐졌다. 순간 수풀의 음영 아래 은신해 있던 스켈레톤들이 푸른 빛무리에 둘러싸인 채 모습을 드러냈다.

키키키키.

크크크.

무려 11마리나 되는 스켈레톤들이 숨어 있을 줄이야.

"헉! 스, 스켈레톤들입니다!"

"언데드가 나타났습니다."

기사 찰스와 던컨이 긴장한 표정으로 롱 소드를 빼들었

다. 종자들 역시 기겁한 표정이었다. 모두들 리자드맨과 같은 몬스터들과 적지 않은 전투를 벌여 본 경험 많은 무사들이었지만, 언데드를 본 것은 처음이었기 때문이다.

파스스스―

그런데 그때, 스켈레톤들이 모조리 흙먼지로 변해 무너져 내리는 것이 아닌가? 한바탕 악전고투를 각오했던 롤란드 일행은 멍한 표정을 지었다.

그러다 일순 붉은 머리 소녀가 환영처럼 그들의 앞에 나타난 것을 보고 깜짝 놀랐다. 화염처럼 타오르는 붉은 머리 아래 하얀 피부를 가진 소녀의 외모는 실로 아름다웠다. 롤란드 등은 절로 입이 쩍 벌어지고 말았다.

"그대는 누구요?"

롤란드가 물었지만 붉은 머리 소녀는 그의 말을 무시한 채 맨 뒤의 금발 소녀 에마를 뚫어져라 쳐다봤다. 에마 역시 깜짝 놀란 표정으로 붉은 머리 소녀를 바라보았다. 이미 8년도 넘게 지났지만 어찌 서로를 못 알아보겠는가?

"맙소사! 혹시 너?"

"넌 에마…… 맞지?"

"비니안!"

"에마!"

둘은 서로를 확인하자 안색이 환해지더니 곧바로 서로를

끌어안고 좋아했다.

"호호! 정말 에마 너였구나. 뗏목 위에 서 있는 널 보고 어렴풋이 너라고 짐작은 했는데 말이야."

"그동안 정말 보고 싶었어, 비니안."

"나도 네가 무척 보고 싶었어."

그때 롤란드가 머쓱한 표정으로 다가와 말했다.

"혹시 날 기억하느냐, 비니안?"

비니안은 고개를 갸웃했다. 금발에 멋진 체격을 가진 귀공자 타입의 청년이라면?

"당신은⋯⋯. 아, 그러고 보니 롤란드 오빠군요?"

그녀는 롤란드도 기억해 냈다. 당시 그는 검술 수련을 받느라 그녀와 거의 어울려 놀지 못했다. 그저 몇 번 얼굴을 마주쳤을 뿐이라 기억에도 어렴풋이만 존재했다.

다행히 비니안이 자신을 알아보는 듯하자 롤란드의 입가에 씩 미소가 맺혔다. 당시에는 그저 귀엽고 깜찍했던 비니안이 이토록 눈부신 미모를 가진 숙녀가 되었으리라고는 상상도 못했다. 보기만 해도 두근거릴 정도라니.

"하하. 날 기억하는구나, 비니안."

"어렴풋이요."

비니안은 환하게 웃었다. 난데없이 나타난 불청객들이 그녀가 아는 사람들이자 경계심이 금방 풀어졌을 뿐 아니라 신이 나 있었다. 그녀는 에마를 쳐다보며 물었다.
"그런데 여긴 무슨 일이야?"
"갑자기 찾아와서 미안해, 비니안."
"후훗, 아니야. 난 좋은걸. 그런데 너와 롤란드 오빠의 얼굴을 보니 뭔가 근심이 있어 보이네?"
순진한 듯 보여도 의외로 눈치가 빠른 비니안이었다. 3년 전 샤크에게 호되게 혼난 이후 그녀는 철도 제법 들었고, 크라케에게 흑마법과 연금술을 배우며 두뇌도 비상해졌다. 따라서 그토록 보고 싶었던 친구 에마가 찾아온 것이 반갑긴 하면서도 아무런 이유 없이 찾아왔을 리는 없다고 짐작했다. 이곳은 오마다 백작이 엄연히 금역으로 선포해 놓은 곳이라 아무리 그의 자제들이라 해도 함부로 들어올 수 없는 곳이었기 때문이다.
"실은……."
에마는 솔직히 터놓고 말했다. 몬스터의 창궐로 인해 먼터 왕국의 중남부가 초토화되고, 오마다 영지도 위기에 처해 있다는 사실을.
"그래서 아빠에게 도움을 청하러 온 거였어?"
"응. 염치는 없지만 그분 외에는 희망이 없어. 네가 좀 부탁해 보면 안 되겠니?"
"그게…… 쉽지가 않아."

비니안은 인상을 살짝 찌푸렸다. 사정이 딱하긴 하지만 그녀가 생각할 때 아빠 라우벤은 절대 이들을 도와줄 위인이 아니었다. 아니, 외부인들이 이 숲에 들어온 것을 알기만 해도 난리를 칠 터였다.

 '어떻게 하지? 도와주고 싶은데…….'

 비니안은 지난 3년 사이 라우벤이 이전과 비할 수 없이 강해진 것을 알고 있었다. 그가 나서면 리자드맨들 따위로부터 오마다 영지를 지키는 일쯤은 간단할 것이다. 아니, 영지를 지키는 정도가 아니라 리자드맨들의 씨를 말리는 것도 가능하리라.

 그뿐인가? 그 무시무시한 마왕과 같은 로드 샤크가 나서기라도 한다면 일은 더욱 간단해질 터였다. 그의 부하인 크라케가 나서 줘도 마찬가지.

 '크라케 할아버지와 상의해 볼까? 아니야. 그도 샤크 님을 무서워하니 날 몰래 도와줄 리 없어.'

 비니안은 고민했다. 그러다 돌연 비장한 표정을 지었다.

 '역시 그 방법밖에 없겠어.'

 아마 라우벤이 알면 펄쩍 뛰겠지만 어쩔 수 없었다.

"방법은 딱 하나뿐이야!"

비니안이 비장한 표정으로 외쳤다. 그러자 에마와 롤란드 등이 다급히 물었다.

"그게 뭔데?"

"어떤 방법인지 말해다오, 비니안."

비니안은 의미심장한 미소를 짓더니 바닥에 놓인 그녀의 자루와 짐을 꾸렸다. 그리고는 초조한 표정으로 그녀의 답을 기다리고 있는 그들을 향해 말했다.

"날 데리고 저 강을 건너가는 거야."

"그게 무슨 말이야? 그랬다가 라우벤 님이 그 사실을 알게 되면?"

"물론 아빠가 당연히 날 찾아오겠지."

"그렇다면 넌?"

에마는 뭔가 짚이는 것이 있는지 두 눈을 크게 떴다. 비니안은 고개를 끄덕였다.

"네가 짐작하는 대로야. 아빠가 날 찾아왔다가 리자드맨들이 날뛰는 걸 보면 그것들은 끝장이 날 거야. 대신 난 좀 혼이 나겠지만."

"그, 그렇구나. 그럼 어서 가야지."

"하하, 그런 좋은 방법이 있을 줄이야."

에마와 롤란드는 비니안의 말에 안색이 환해져 있었다. 그들이 곧바로 뗏목으로 향하자 비니안은 문득 심통 난 표정으로 말했다.

"넌 내가 혼날지도 모른다는데 그건 전혀 걱정을 안 하는구나."

에마가 어색하게 웃었다.

"걱정 마. 네가 혼날 때 나도 함께 혼날 테니까. 우린 친구잖아."

"나도 마찬가지다, 비니안. 영지만 구할 수 있다면 라우벤 님께 종아리라도 맞을 각오가 되어 있다. 아니, 맞아 죽는다 해도 할 말이 없어."

오마다 영지의 영주이자 백작의 신분인 롤란드가 종아리를 맞겠단다. 또한 기사 찰스와 던컨 등도 결연한 눈빛을 보내며 외쳤다.

"그때 저희들도 함께 맞겠습니다."

"저도 맞을 각오가 되어 있습니다. 부디 저희 영지를 구해 주십시오, 비니안 님."

모두가 간절히 허리를 숙여 부탁하자 비니안은 이내 기분이 풀어졌다. 저렇게 결사적으로 원한다면야 이 한 몸 장렬히 바쳐 오마다 영지를 구해 주겠다는 심산으로 뗏목에 올라탔다.

롤란드 등은 비니안의 마음이 변할세라 잽싸게 뗏목을 저어 강 건너로 향했다.

한편, 숲의 봉우리 위에서 세 남자가 그 장면을 물끄러미 쳐다보고 있었다. 물론 그들은 샤크와 라우벤, 그리고 크라케였다.

"그것 봐라, 내가 갈 거라고 했잖아."

"으으!"

라우벤은 울상을 지었다.

'크흑! 딸자식 키워 봤자 소용없다더니, 결국 아비를 배신하는 거냐?'

좀 전에 샤크는 비니안이 저들을 따라갈 것이라 말했고, 라우벤은 비니안이 절대 그럴 리가 없다고 장담했다. 그러나 그의 장담이 무색하게도 비니안은 친구 따라 강 건너로 가버렸다.

크라케가 펼쳐 둔 음성 증폭 마법으로 롤란드 등이 무엇 때문에 이 숲에 건너왔는지 잘 알았지만, 라우벤은 설마 아무리 그렇다고 비니안이 아비를 배신하고 떠날 줄은 몰랐다.

샤크가 어깨를 으쓱하며 물었다.

"이제 아빠를 배신한 딸에 대한 징계를 해야겠지?"

순간 라우벤은 움찔했다. 그의 로드인 샤크의 입에서 징계라는 말이 나왔다면 결코 가볍게 넘길 일이 아니었기 때문이다. 특히 다른 건 몰라도 배신이라면 절대 용서 없는 샤크가 아닌가? 자칫하면 비니안은 경을 칠 수도 있었다. 라우벤은 어색하게 웃으며 잽싸게 대답했다.

"허헛! 배신이라니요? 비니안은 어떻게든 친구를 돕겠다며 스스로를 장렬히 희생했을 뿐입니다."

"그럼 배신이 아니다, 이거군?"

"그렇습니다. 자신의 이익을 목적으로 한 것이 아니고 로드께서 예전에 말씀하신 협의를 목적으로 한 것인데 어찌 배신이라 할 수 있겠습니까?"

순간 샤크의 입가에 씩 미소가 맺혔다. 그는 지난 3년 사이 딱 한 번 지나가는 말로 협의가 무엇인지에 대해 라우벤에게 말한 적이 있었다. 그런데 그것을 라우벤이 기억하고 있을 줄이야.

"협의라! 정말 그렇게 생각하고 있는 건가?"

"물론입니다."

"그렇다면 가서 몬스터를 소탕하겠다는 말이군."

"그, 그렇습니다. 당연히 그래야죠."

고개를 끄덕이는 라우벤의 표정은 일그러져 있었다. 실상 그는 오마다 영지가 몬스터에게 박살이 나든 말든 별 관심이 없었다. 그냥 가서 비니안만 끌고 오면 되는 것이다.

그러나 협의라는 명목으로 나선다면 당연히 오마다 영지를 구해 주어야 할 뿐만 아니라 먼터 왕국을 초토화시키고 있는 몬스터도 소탕해야 할 것이다.

그 사실을 생각하자 그는 속이 쓰려 왔다. 10여 년 전 죽어라 고생하며 몬스터들을 소탕해 먼터 왕국을 멸망의 위기에서 구해 줬더니 귀족들은 서로 암투를 벌이며 권력 장악에 바빴고, 심지어 몬스터를 토벌한 라우벤의 공로를 가로챘을 뿐만 아니라 그를 죽이려고 어쌔신들을 고용하기도 했다.

그로 인해 그는 헬레이스 제국의 어쌔신 조직인 다크 스네이크와 혈전을 벌여야 했고, 그 와중에 사랑하는 아내를 잃었다. 그러니 어찌 그 빌어먹을 족속들을 도와주고 싶은 생각이 들겠는가. 솔직한 심정으로는 이 기회에 차라리 모두 뒈져 버렸으면 싶었다.

그러나 이미 샤크에게 몬스터를 소탕하겠다는 말을 한 이상 그것을 지켜야 하리라. 협의라는 명분으로.

'그래, 그 탐욕스러운 귀족 놈들이 문제지 백성들이 무슨 죄인가?'

기왕 협의를 수행하기로 했으니 좋은 것만 생각하기로 했다. 라우벤은 대검을 어깨 뒤로 둘러메고는 샤크를 향해 꾸벅 허리를 숙였다.

"로드! 그럼 다녀오겠습니다. 리자드맨 놈들을 다 소탕하려면 제법 시간이 걸릴지도 모르겠군요."

샤크가 자리에서 슥 일어났다.

"다녀오긴, 나도 이제 슬슬 이 숲이 지겹다 생각했는데 함께 가야지. 몬스터 소탕도 도와줄 겸 말이야."

라우벤의 두 눈이 휘둥그레졌다.

"로드께서 도와주신다면 아주 수월할 겁니다."

"일단 가보자고. 크라케, 너도 따라와라."

"예, 로드."

크라케의 안색은 매우 밝았다. 한동안 답답한 숲에만 처박혀 있다 전장으로 나간다니 마물인 그로서는 신이 나지 않을 수 없으리라.

두두두두!
마갑을 두른 거대한 전마(戰馬)를 탄 철갑 전사들! 그들은 다름 아닌 리자드맨들이었다. 무려 1백여 기의 리자드맨 철기병들이 지축을 울리며 내달렸다.
"끄긱! 크카카캇! 위대한 사브라족의 용사들이여! 힘차게 달려라. 라멘 평원을 쓸어버리자!"
"끄기긱! 킥킥킥! 인간들의 피와 살로 축제를 벌여라!"
"끄긱! 끄긱! 라멘 평원을 피바다로 만들자!"
거친 파도가 밀려오듯 달려오는 1백여 기의 리자드맨 철기병들을 보며 라멘 평원에 진을 치고 있던 1천여 병사들은 불안감을 금치 못했다. 그들 중 9할 이상이 정규병이 아닌 민병대로 급조된 탓에 사기는 바닥에 떨어져 있었다.
그러다 보니 그들을 지휘하는 해럴드 자작 역시 마음이 무겁기 이를 데 없었다.
"두려워 말라. 놈들은 고작 1백여 마리뿐이다. 이를 악물어라. 우리가 무너지면 라멘 평원의 풍요로운 곡창지대가 저 탐욕스러운 리자드맨 놈들에게 들어가게 된다. 그렇게 되면 끝장이다. 모두 사력을 다해 막아라. 장창병 앞으로!"

처처처척! 처처척!

해럴드 자작의 명령에 장창을 든 병사들이 앞으로 나왔다.

"좋아! 겁낼 것 없다. 저 어리석은 리자드맨 놈들은 너희 근처로 오지도 못하고 장창에 꼬치가 되어 버릴 테니까. 절대 물러서지 마라. 자, 함성을 질러라. 우리가 이긴다아!"

"와아아! 우리가 이긴다아!"

"와아! 이긴다!"

장창병들의 두 눈에서 투지가 번뜩였다. 그들은 거친 폭풍처럼 밀려오는 리자드맨 철기병들을 보고도 물러나지 않고 장창을 앞으로 내밀었다.

그런데 이게 웬일인가? 리자드맨 철기병들이 말을 탄 그대로 단창을 빼들어 집어 던지는 것이 아닌가?

휘휘획- 휘휘휘획-

시커먼 단창들이 무더기로 장창병들을 향해 작렬했다. 방패 없이 오직 장창만을 무기로 든 그들은 무력하게 당하고 말았다.

푸푹! 푸푸푹!

"크아악!"

"아아아악!"

장창병들이 대거 쓰러졌다. 그때 리자드맨 철기병들이 등에 멘 또 다른 단창을 풀어 집어 던졌다.

슈슈슉- 푸푹! 푸푸푹!

단창들이 바람처럼 날아가 장창병들의 몸을 꿰뚫어 버렸다. 2백여 장창병들 중 반수 이상이 목숨을 잃었다.

"끄긱! 이제 쓸어버려라, 사브라족의 용사들이여!"

"끄기긱! 우하하하! 인간 놈들이 두려워 떨고 있다."

혼란에 빠져 달아나는 장창병들 사이를 리자드맨 철기병들이 대도(大刀)와 대부(大斧)를 휘두르며 마구 누볐다. 순식간에 장창병들이 궤멸되자 당황한 해럴드 자작이 다급히 외쳤다.

"궁수들은 뭐하느냐? 멈추지 말고 활을 쏴라."

궁수들이 활을 쐈지만 리자드맨 철기병들의 철갑을 뚫지는 못했다.

"하찮은 몬스터 놈들 따위가 감히!"

결국 해럴드 자작을 비롯한 30여 명의 창기병들이 달려가 리자드맨 철기병들과 맞붙었지만 결과는 참혹했다. 창기병 전원 몰살. 그들의 수장인 해럴드 자작 역시 몸통에서 머리가 분리된 채 비참하게 널브러져 버렸다.

"끄긱! 크카카캇! 보았느냐? 이것이 적장의 목이다."

해럴드 자작의 목을 대도의 끝에 꽂은 채 휘두르고 있는 리자드맨. 그는 리자드맨 군단의 용장 중 하나인 천부장 체케였다. 그는 불과 1백여 기의 철기병으로 라멘 평원을 지키는 오마다 백작의 1천 병사를 유린하고 있었다.

"끄기긱! 키하하하! 라멘 평원은 우리의 것이다."

"끄긱! 체케 장군님이 적장을 해치웠다."

어느새 대략 5백여 마리의 리자드맨 보병들이 달려와 철기병들이 휩쓸고 간 전장을 정리하기 시작했다.

해럴드 자작이 죽임을 당하자 오마다 영지의 병사들은 전의를 상실하고 달아났다. 그러나 그들 중 태반이 죽임을 당했고, 오마다 영지 최후의 보루인 쉬드 성으로 복귀한 이들은 불과 1백여 명도 되지 않았다.

"아, 이럴 수가! 해럴드 자작이 당했다는 말이냐? 라멘 평원마저 리자드맨들에게 넘어가다니!"

만신창이가 된 패잔병들이 가까스로 복귀해 비보를 전하자 롤란드의 안색은 절망으로 물들었다. 블러디 포레스트에 갔다가 이제 막 비니안과 함께 쉬드 성으로 돌아온 그는 오자마자 비보를 접한 것이다.

'큰일이구나. 리자드맨 놈들이 이토록 빨리 공격해 올 줄이야.'

라멘 평원의 곡창지대가 넘어간 이상, 오마다 영지의 9할 이상을 리자드맨들에게 빼앗겼다고 봐야 했다. 따라서 사실상 오마다 영지에는 이곳 쉬드 성만 남아 있는 것이나 다름이 없었다. 2천여 명 남은 병력! 그러나 이 중 정예병은 불과 5백여 명도 안 됐고, 나머지는 민병들이었다.

그런데 바로 그때, 또다시 다급한 소식이 들려왔다.

"백작님, 큰일입니다. 리자드맨들이 이곳 쉬드 성을 향해 대거 진군해 오고 있다 하옵니다."

"뭣이! 병력의 규모는?"

"어림잡아도 오천은 된다고 합니다."

"오천?"

롤란드는 깜짝 놀랐다. 리자드맨 병사들 각각의 전투력은 오마다 영지의 정규병들을 능가한다. 그런데 그런 리자드맨들이 무려 5천 마리가 넘게 온다니, 현재 쉬드 성의 전력으로는 막아 내기 힘들 터였다. 곁에 있던 에마와 비니안의 안색도 울상으로 변했다.

"큰일이야. 어쩌지?"

"그러게. 아빠가 빨리 오셔야 할 텐데."

비니안도 더럭 겁이 났다. 흉악한 리자드맨들이 무려 5천여 마리나 쳐들어온다는데, 성의 전력은 그들을 막아 내기에 터무니없이 약했던 것이다.

그래도 그녀는 아빠 라우벤만 오면 모든 근심이 사라질 것이라 확신했다. 그러나 롤란드와 에마 등은 막상 5천 마리나 되는 리자드맨 대군이 몰려오자 지금 상황에서는 설사 붉은 숲의 검사 라우벤이 나타나도 어쩔 도리가 없다는 생각에 두려워 떨었다.

"우, 우린 이제 끝장인 건가?"

롤란드가 절망 어린 표정으로 고개를 푹 숙이고 있자 비니안이 한심하다는 듯 그를 노려봤다.

"롤란드 오빠! 오빠가 그러고 있으면 어떡해요? 이럴 때일수록 부하들을 독려해 사기를 북돋워야죠."

"그건 그렇다만."

롤란드 역시 비니안의 말뜻을 모르는 바는 아니었다. 그 역시 지금과 같은 상황에 영주인 자신이 의연한 태도를 보여야 한다는 것을 너무 잘 알고 있었으니까.

그러나 어느 쪽으로 봐도 절망밖에 느껴지지 않으니 어쩌라는 말인가? 그 역시 그동안 어떻게든 영지를 살려 보려고 별짓을 다 해봤지만 결국 이렇게 무력한 상황에 처하고 말았으니, 참담한 기분이 들지 않을 수 없었다.

'아버지, 죄송합니다. 저의 한계는 결국 여기까지인가 봅니다.'

롤란드는 3년 전 병사한 선친 오마다 백작을 떠올리며 눈시울을 적셨다. 백작이 된 이후 단 하루도 발 뻗고 잠을 자본 적이 없을 정도로 노심초사했건만, 결국 이렇게 되고 말았다.

바로 그때, 어디선가 싸늘한 음성이 들려왔다.

"쯧! 너무 나약하군. 성이 풍전등화의 위기 상황에 처해 있는데 성주가 눈물이나 흘리고 있다니 말이야."

"누구?"

롤란드가 놀라 고개를 돌리자 대전에 낯선 인물 셋이 나타나 그를 못마땅한 눈초리로 노려보고 있었다. 하나같이 살벌한 분위기를 풍기는 그들은 대체 누구인가?

물론 그중 한 명은 롤란드도 확실히 알아볼 수 있었다. 붉은 머리의 거구 사내, 라우벤. 그가 나타나자 비니안의 안색이 환해졌다.

"아빠! 역시 와주셨군요."

라우벤이 코웃음 치며 말했다.

"흥! 아빠라고 부르지도 말거라. 날 배신하고 떠난 녀석이 아빠는 무슨."

순간 샤크가 고개를 슥 돌려 서늘한 눈빛으로 라우벤을 쳐다봤다.

"역시 배신이었던 건가?"

라우벤이 움찔하며 고개를 흔들었다.

"하핫! 배신이라니, 그냥 해본 소립니다. 친구와의 의리를 위해 온 기특한 녀석에게 배신이라니요? 말도 안 됩니다. 하하하."

비니안이 맞장구쳤다.

"맞아요. 난 아빠가 와서 오마다 영지를 구해 주고 몬스터들을 소탕해 줄 거라 믿었어요."

"물론이다. 그래서 내가 왔지. 이제 리자드맨 놈들은 몽땅 해치워 줄 테니 너희는 안심하거라. 내가 누구냐? 바로 붉은 숲의 검사 라우벤이다."

그 말에 비니안뿐 아니라 롤란드와 에마, 그리고 대전 안에 있던 모든 이들의 안색이 밝아졌다. 그때까지 라우벤이 누구인지 잘 모른 채 어리둥절해하고 있던 이들도 비로소 그가 자신을 밝히자 깜짝 놀라고 말았다.

"오! 붉은 숲의 검사 라우벤 님이다!"

"전설의 소드 마스터이신 라우벤 님이 쉬드 성에 오셨다!"

누가 시키지도 않았는데 이 소식은 순식간에 쉬드 성 전체로 퍼져 나갔다. 그로 인해 리자드맨들이 몰려온다는 소문에 초죽음이 된 채 덜덜 떨고 있던 쉬드 성 병사들의 사기는 급증했다.

두두두두!

바로 그때, 쉬드 성의 남쪽 멀리 리자드맨들이 흙먼지를 풍기며 나타났다. 이미 보고를 들은 대로 그들의 병력은 어림잡아도 5천은 넘어 보였다.

철기병만 무려 5백! 그 뒤로 장창과 단창, 그리고 검과 방패, 도끼 등으로 무장한 보병들이 새까맣게 몰려왔다.

"으으! 리자드맨들이다."

"어, 엄청나게 몰려온다!"

그들을 보자 쉬드 성의 병사들은 다시 두려움에 빠졌다. 심지어 롤란드와 에마, 그리고 기사들도 마찬가지였다.

물론 비니안은 예외였다. 그녀는 라우벤과 샤크, 크라케가 얼마나 가공할 능력을 지녔는지 충분히 짐작하고 있었기에 오히려 흥미진진한 표정을 짓고 있었다.

"아빠, 뭐해요? 사람들이 겁먹고 있잖아요. 얼른 가서 저것들을 쫓아 버려요."

라우벤이 짐짓 인상을 구겼다.

"비니안, 넌 이 아빠가 걱정되지도 않느냐? 어림잡아도 오천 마리가 넘어 보이는데 나 혼자 달랑 가서 저놈들과 싸우다 잘못되기라도 하면 어쩌려고."

"전혀요. 그런 일이 벌어질 리 없잖아요. 호호."

"제길! 걱정해 주는 척이라도 하면 안 되겠느냐?"

"알았어요. 걱정되니 그럼 조심히 다녀오세요."

"흐!"

엎드려 절 받기라니. 다시금 딸이 아니라 원수라는 것을 확인하며 전장으로 향하는 라우벤이었다. 그는 성문 앞에서 크게 외쳤다.

"성문을 열어라!"

리자드맨들이 몰려오는데 성문을 열라니. 병사들은 라우벤의 말에 황당한 표정을 지었지만 롤란드가 고개를 끄덕이자 이내 성문을 열었다.

그그그궁!

성문이 열리자 라우벤은 대검을 어깨 위에 올린 채 태평스레 걸어 나가며 말했다.

"성문은 굳이 닫을 것 없다. 들어올 때 또 말하기 귀찮으니 그냥 열어 둬라. 알았냐?"

"하하, 옛……!"

병사들이 어색한 표정으로 대답했다. 그들은 당장이라도 성문을 닫고 싶었지만 라우벤의 살벌한 눈빛을 떠올리자 오금이 저려 감히 성문을 닫지 못했다.

"으으! 미쳤어. 저자는 미친 거야."

"그러게. 혼자서 어쩌려고 저러는 걸까?"

아무리 전설의 검사라고 해도 그렇지, 저렇게 새카맣게 몰려오는 리자드맨들을 보면서 단신으로 나가다니. 그들이 보기엔 너무 무모해 보였다.

두두두두!

그런데 그때, 선두로 힘차게 달려오던 리자드맨 철기병 부대가 돌연 멈춰 섰다.

히히히힝!

히히힝!

무려 5백여 기나 되는 철기병들이 갑자기 멈춰 서다니. 이는 물론 그들이 자의로 멈춰 선 것이 아니었다. 말들이 갑자기 기겁하며 요동치기 시작했기 때문이다.

"끄긱! 이놈들이 갑자기 미쳤나?"

"끄기긱! 어서 달리지 못하겠느냐?"

리자드맨 철기병들은 전마들을 다스리려 애썼지만 그것들은 이미 공황 상태에 빠졌는지 미쳐 날뛰고 있었다.

그때 라우벤이 인상을 찌푸리더니 고개를 슥 돌려 쉬드 성의 성벽 쪽을 쳐다봤다.

"크라케 영감, 굳이 안 도와줘도 되는데 말이오."

크라케가 멋쩍은 미소를 지었다. 사실 리자드맨 철기병들의 말이 날뛰는 이유는 그가 그것들에게 극도의 공포심을 유발시켰기 때문이다.

"험! 혼자서 고생하는 것 같아 도와줬을 뿐이네."

"그냥 안 도와주는 게 도와주는 거요. 저러면 내가 가서 일일이 잡아야 되니 번거롭기만 할 뿐이오."

라우벤이 투덜거리자 크라케는 어쩔 수 없다는 듯 고개

를 끄덕였다.

"알았네. 그럼 혼자서 잘해 보게나."

크라케가 손을 휘젓자 이리저리 날뛰던 리자드맨 철기병들의 전마들이 비로소 잠잠해졌다.

리자드맨들은 그제야 안도하며 말을 몰았다.

"끄긱! 이랴! 성문이 열려 있다. 모두 돌격하라."

"끄기긱! 키히히히! 성문이 열려 있다니! 놈들이 저항을 포기했나 보군."

그 순간, 리자드맨들은 웬 대검을 든 사내 한 명이 혼자서 터벅터벅 걸어오고 있는 모습을 보고 고개를 갸웃했다.

"끄긱! 저놈은 뭐지?"

"끄긱긱! 혼자서 어쩌겠다는 거냐? 간이 부은 놈이군."

"끄긱! 놈은 내게 맡겨라. 이랴!"

리자드맨 군단의 용장 중 하나인 천부장 체케가 라우벤을 향해 힘차게 말을 몰았다. 그는 라우벤과의 거리가 가까워지자 대도를 힘차게 들어 올려 곧바로 내리칠 태세를 취했다.

"키아아앗!"

체케가 힘찬 함성을 지르며 대도를 내리치려는 순간, 돌연 시퍼런 빛이 번쩍였다.

서걱!

그것이 끝이었다. 먼터 왕국 중남부에서 숱한 기사들을 죽음으로 몰아갔던 리자드맨 천부장 체케의 목이 떨어져 바닥으로 굴렀다.

터억! 데구루루.

그 장면에 경악해 입을 쩍 벌리고 있는 리자드맨들을 향해 라우벤이 성큼 걸어가며 외쳤다.

"귀찮으니 한 번에 덤벼라."

〈다음 권에 계속〉

天下第一
천하제일

ORIENTAL FANTASY STORY & ADVENTURE
장영훈 신무협 장편소설

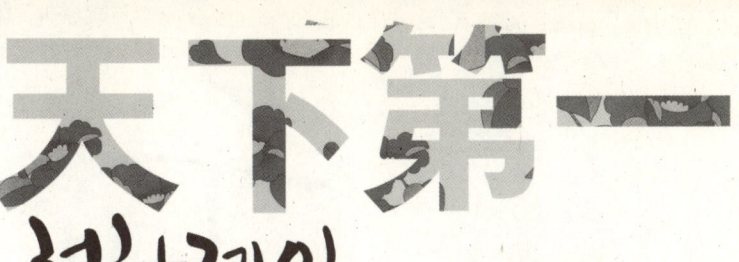

**완전판으로 돌아온 NAVER 웹소설
무협 부문 최고의 인기작!**
1년 후 강호가 멸망한다.
그것을 막을 자는 인시에 태어난 이화운뿐.
그를 찾아 위기에 빠진 강호를 구하라!

미모와 실력을 겸비한 여인 설수린, 수수께끼의 사내 이화운.
예견된 운명을 뒤집으려는 그들의 파란만장한 여정이 시작된다.

dream books
드림북스

수라왕

이대성 신무협 장편소설

**NAVER 웹소설 인기 무협 『수라왕』,
책으로 다시 돌아오다.**

산법에 뛰어난 재능을 지닌 명석한 소년, 초류향.
진리를 깨우치고 숫자로 세상을 보게 된 소년,
그가 강호에 첫발을 내딛는다.

인물들의 외전과 뒷이야기를 정리한 설정집 수록!

박정수 판타지 장편소설
FANTASYSTORY & ADVENTURE

뱀파이어 무림에 가다

인간으로서 숨 쉬는 법을 잊었으나 잊지 않으려는 자,
핏줄의 계보를 거슬러 어둠의 일족이 된 자,
붉은 눈의 그림자이며, 야현이라 불리는 자,
그가 무림으로 돌아왔다!

핏빛 눈동자로 연주하는
공포의 선율, 죽음의 송가!

뱀파이어로서 다시 무림에 발을 들인 그날에도
다만 운명은, 찬연히 빛날 따름이었다.

dream books
드림북스

가우리 신무협 장편소설

대한민국, 강철의 열제 가우리가 돌아왔다!
전쟁터에서 필사적으로 굴러먹던 인간 장무위,
그에게도 마침내 기연이 찾아왔다.
삼류도 되지 못했던 한 남자의
처절한 일대기가 이제 시작된다.

예후쟁록

dream books
드림북스

DREAMBOOKS

DREAMBOOKS★

DREAMBOOKS

DREAMBOOKS